buch & media

DIETRICH BÄCHLER, geboren in München, studierte Rechtswissenschaften in Tübingen und München. Von 1959 bis 1994 war er im Bayerischen Wissenschafts- und Kunstministerium tätig, zehn Jahre als Leiter der Universitätsabteilung, zuletzt als Leiter der Kunstabteilung. Nach seiner Pensionierung arbeitete er in der Direktion des Germanischen Nationalmuseums in Nürnberg. Von Dietrich Bächler sind außerdem lieferbar: »Der beamtete Korse«, satirischer Roman (2000); »Anschlag auf Goethe«, Roman (2000); »Der Überflieger«, Roman (2003); »Ruhestand«, Roman (Allitera 2004); »Engelsbotschaft«, Erzählungen (2005); »Reden wir nicht über Philipp. Zwiegespräche« (2007); »Scheidungskinder« (2008) und »Der achtzigste Geburtstag« (2013).

Dietrich Bächler

Die Wiege über den Kühen

Biografische Erzählung

Weitere Informationen über den Verlag und sein Programm unter
www.buchmedia.de

Dezember 2013
© 2013 Buch&media GmbH, München
Umschlaggestaltung: Kay Fretwurst, Freienbrink
Printed in Germany · ISBN 978-3-86520-497-4

Vorwort

Nach dem Tod eines Onkels meiner Frau erreichte mich ein Brief seines ältesten Sohnes. Das Testament seines Vaters enthalte ein Vermächtnis zu meinen Gunsten. Demnach solle ich den schriftstellerischen Nachlass seines Vaters erhalten. Im Wesentlichen bestehe er aus einem Leitz-Ordner mit autobiografischen Aufzeichnungen und ein paar Artikeln, die er im Lokalanzeiger seiner Heimatstadt veröffentlicht hatte.

Ich war erstaunt über diese Zuwendung, hatte ich doch wenig Kontakt zu Onkel Daniel. Nicht einmal seinen Sarg hatte ich zur letzten Ruhe begleitet. Allerdings erinnerte ich mich an ein Gespräch anlässlich des Familientreffens vor fünfzehn Jahren, bei dem ich ihm von meinen Büchern erzählte. Er zeigte Interesse, erbat sich einige Titel und bemerkte, er versuche auch zu schreiben, aber nur so zum Hausgebrauch.

Offenbar war dieses Gespräch der Auslöser für sein Vermächtnis. Er erhoffte sich von mir Verständnis für seine Schreibversuche, für die seine Kinder, wie ich von Freunden erfuhr, nur Spott übrighatten.

Ich fühlte mich verpflichtet, mich in seine Lebenserinnerungen zu vertiefen, und sie begannen mich zu fesseln. Oft waren sie nur skizzenhaft, dann wieder uferten sie zu langen Monologen aus. Ihr Inhalt, der verschlungene Weg eines bettelarmen, »teufelhäftigen« Bauernbuben von der Schwäbischen Alb zu gesicherter bürgerlicher Existenz, schien mir wert, einem größeren Leserkreis zugänglich gemacht zu werden. So ging ich daran, ihn nachzuerzählen, in meinen Worten, ohne den Grundton schwäbischer Bodenständigkeit außer Acht zu lassen.

Im November 2013 *Dietrich Bächler*

I

Meine Wiege stand nahe bei den Kühen. Nur eine Balkendecke trennte sie von dem niedrigen Stall, in dem die beiden Kühe meines Vaters standen. »Schaffkühe« nannte sie meine Mutter, da sie wenig Milch gaben. Sie mussten den Erntewagen ziehen im Sommer und den Pflug im Frühjahr, wenn mein Vater den kargen Boden der Schwäbischen Alb umbrach.

Ich war das jüngste von neun Kindern, fünf Buben und vier Mädchen, die wenig zählten. Fünfzehn Jahre trennten mich von meinem ältesten Bruder Johannes, den ich bald bewunderte. Doch wurde auch ich noch im 19. Jahrhundert geboren, zwei Jahre vor der Jahrhundertwende.

Es war eine Zeit des Aufschwungs in den schwäbischen Städten. »Fabrikle« schossen wie die Pilze aus dem Boden und brachten dem Bürgertum Wohlstand. In den Dörfern der Schwäbischen Alb war davon wenig zu spüren. Hier stand die Zeit still und bewahrte Armut und Frömmigkeit.

Wir wohnten in dem alten Häuschen meines Großvaters. Ich kannte ihn nur, wie er altersschwach in seinem Bett lag und vor sich hin döste. Eine Bretterwand trennte ihn vom großen Dachraum, in dem die neun Kinder auf Gerstenstroh schliefen.

Den toten Großvater hat man mir nicht gezeigt. Ich war

ja erst drei Jahre alt, als er starb. Ich erinnere mich an die schwarze Kleidung meiner Eltern, die mich ängstigte, und an die düsteren Männer, die den Sarg aus dem Haus trugen.

Drei Tage blieb das Bett meines Großvaters leer. Dann stritten sich meine Geschwister darum. Es siegten die beiden ältesten Buben. Sie trugen die Bettstatt hinüber in den großen Dachraum und teilten sie sich brüderlich.

Meine Eltern taten sich schwer, sich und ihre neun Kinder zu ernähren. Mein Vater ging nicht weniger als fünf Berufen nach und konnte doch die Armut damit nicht vertreiben. Die kleine Landwirtschaft brachte Milch, Mehl, Eier und ein paar Suppenhühner für den Eigenbedarf. Gelernt hatte er als Hosenschneider. Niemand im Dorf ließ sich einen Maßanzug bei ihm schneidern. Hin und wieder eine neue Arbeitshose oder Flickarbeit an der alten, das war alles. Rechnen hatte mein Vater gelernt. Schließlich musste er seine Groschen zusammenhalten. So konnte man ihn auch als Molkereirechner brauchen. Für die Lokalzeitung organisierte er die Zustellung. Wir Kinder trugen sie von Haus zu Haus, ernteten dafür hin und wieder ein freundliches Lächeln und einen Groschen Trinkgeld.

Seine Frömmigkeit und sein fleißiger Kirchgang brachten meinem Vater die Anstellung als Kirchendiener. Dreimal am Tag musste er die Kirchenglocken läuten. Bei Beerdigungen und Hochzeiten war das Glockenseil außer der Reihe zu ziehen. Auch musste er die Kirche sauber halten, auf den Knieen aufwischen, was die Bauern mit ihren Dreckstiefeln angerichtet hatten. An Festtagen schmückte er den Altar mit Blumen. Ich weiß nicht, was die Kirche ihm bezahlte. Es muss herzlich wenig gewesen sein. Als ich das erste Jahr in die Dorfschule ging, hörte ich meine Eltern darüber streiten. Meine Mutter forderte, Vater solle zum Pfarrer gehen und um Lohnerhöhung bitten. Meinem Vater war das peinlich. Er schwieg und bekam einen roten Kopf.

Später erzählte mir meine älteste Schwester Maria, Vater habe den schweren Gang ins Pfarrhaus schließlich doch gewagt, aber keinen Erfolg nach Hause gebracht. Armut sei keine Schande, habe ihn der Pfarrer getröstet. »Um das tägliche Brot braucht sich ein rechter Christ nicht zu sorgen. Er vertraut auf die Hilfe Gottes. So wie man höret Gottes Wort, so gehet auch die Nahrung fort!« Solches gab er meinem Vater auf den Weg. Der wiederholte es später des Öfteren, wenn wir Kinder über Hunger klagten.

Meine Mutter musste die Not mit eigener Arbeit lindern. Jeden Samstag marschierte sie die steile Steige hinunter in die Stadt, fünf Stunden Weg hin und zurück. Auf dem Kopf trug sie einen Korb mit allem, was sie in der Stadt verkaufen konnte, Hagebutten und Kopfsalat aus dem Garten, Beeren, die sie im Wald gepflückt hatte, Butter aus der Dorfmolkerei, Eier von unseren wenigen Hühnern, die sie als Suppenhühner anbot, wenn sie im Winter aufhörten zu legen. Einen Zettel hatte sie dabei mit Einkaufswünschen benachbarter Familien, die sie willig erfüllte. Nie redete sie darüber, welche Wünsche auf dem Zettel standen. Dennoch hatte sich im Dorf herumgesprochen, dass sich die Frau des Bürgermeisters jeden Samstag ein Päckchen echten Bohnenkaffee bringen ließ. Über so viel Hochmut und Genusssucht erhitzten sich die Gemüter, klatschten die Frauen der Kleinbauern. Bei ihnen und bei uns gab es Malzkaffee. Sonst standen auf dem Tisch Kartoffeln, Milch und Brot, hin und wieder ein Stück

Rauchfleisch. Das verdankten wir einem Schwein, das neben den zwei Kühen aufgezogen wurde. Für mich war es ein Tag des Schreckens und der Trauer, als es der Metzger aus dem Stall zog und schlachtete.

Mein Vater war gottesfürchtig, ein bibelgläubiger Pietist, wie viele lutherischen Schwaben der damaligen Zeit. In der Diele unseres Hauses hing der Spruch »Ich aber und mein Haus, wir wollen dem Herrn dienen«, in goldener Schrift auf hellem Karton mit einem Palmzweig und einer Friedenstaube verziert. Im Wohnraum überwachte Luther unser Leben. Eine Radierung auf vergilbtem Papier zeigte ihn beim Musizieren, umgeben von seiner Familie. Ich weiß nicht, wem mein Vater dieses Bild verdankte. Er hielt es in Ehren, wischte jede Woche den Staub vom schwarzen Rahmen. Vor jedem Essen sprach mein Vater ein Tischgebet. Nach dem Essen las er uns Abschnitte aus den Briefen des Apostels Paulus vor. Verstanden hab' ich sie nicht. Es blieb nur der feierliche Ton im Ohr, der dem unseres Pfarrers ähnelte. Später prägte sich mir ein Ausspruch ein, den mein Vater oft wiederholte: »Jedermann sei Untertan der Obrigkeit, die Gewalt über ihn hat. Denn es ist keine Obrigkeit ohne von Gott; wo aber Obrigkeit ist, die ist von Gott verordnet.«

Obrigkeit, das war für mich unser Pfarrer, der uns in der Schule Religionsunterricht gab. Ich dürfte acht Jahre alt gewesen sein, als er vor meiner Bank stand und ich entdeckte, dass das »Hosentürl« seiner verknitterten schwarzen Hose weit offen stand. Ich dachte ihm einen Gefallen zu tun, als ich mit dem Finger auf die drei offenen Knöpfe zeigte und leise sagte: »Herr Pfarrer, das Hosentürl!« Der Pfarrer lief rot an und nannte mich einen ungezogenen Flegel. Seitdem bekam ich Ohrfeigen, so oft ich beim Aufsagen eines Gesangbuchverses stecken blieb. Bald begann ich zu stottern, wenn mich der Pfarrer aufrief.

Schlimm waren die Sonntage. Nicht nur einen Gottesdienst musste ich überstehen, in dem der Pfarrer über eine halbe Stunde predigte, am Abend nach dem Essen las überdies mein Vater aus einem dicken Buch mit gesammelten Predigten vor. Ich konnte nicht mehr still sitzen, zappelte mit den Beinen, hörte meine Klassenkameraden draußen herumspringen und lärmen, sehnte mich nach Bewegung und Fröhlichkeit.

Still zu sitzen, fiel mit überhaupt schwer in meiner Kindheit. Schon mit zwei Jahren steckte ich voller Unruhe, riss das Geschirr vom Tisch, schüttete Wasser in die Milch, riss die Schubladen auf und verstreute den Inhalt. »Teufelhäftig« nannte mich meine Mutter. Heute würde man sagen, ich sei hyperaktiv gewesen, und hätte mir Ritalin verschrieben. Damals wähnte man den Teufel im Spiel.

Meine älteste Schwester, die mich nie leiden konnte, behauptete später, meine Mutter hätte in ihrer Verzweiflung den Ausspruch getan: »Wenn unser Herr Jesus ihn nur wieder zu sich holen würde!« Ich glaube das nicht. Meine Mutter hat mich immer geliebt.

Freilich, demütig wie mein Vater ist sie nicht gewesen. Sie konnte zornig werden und aufbrausend. Zwar ging sie jeden Sonntag in die Kirche, aber wenn mein Vater am Abend die langen Predigten vorlas, verschwand sie in der Küche, um Kartoffeln zu schälen.

Vor uns Kindern stritten sich die Eltern selten. Nur einmal, ich war neun Jahre alt, entlud sich der Zorn meiner Mutter in meiner Gegenwart. Es war an einem Samstag. Meine Mutter war noch unterwegs aus der Stadt. Mein Vater schneiderte an einer Hose, die noch am Abend fertig werden sollte. Da betrat ein Hausierer die Stube, ohne anzuklopfen. Er öffnete seinen Koffer, voll mit frommen Wandsprüchen, dreifarbig mit Wolle in Leinwand gestickt. Er sei doch ein frommer Mann, der Pfarrer habe es ihm gesagt, beredete er meinen Vater. Die Wände seien leer. Da mache sich ein frommer Spruch vortrefflich. Der Pfarrer habe ihm auch einen abgekauft. »Sie haben eine große Kinderschar«, redete er meinem Vater zu. »Da empfehle ich das Gebot: Du sollst deinen Vater und deine Mutter ehren, auf dass du lange lebest; ich gebe es Ihnen zum Sonderpreis, extra billig, für dreizehn Mark fünfzig.«

Zwei Wochen musste mein Vater Hosen nähen, um dreizehn Mark fünfzig zu verdienen. Er wusste das, aber er traute sich nicht, dem drängenden Hausierer zu widersprechen. Er ging zu seiner Kommode und suchte aus der Büchse mit zitternden Händen den geforderten Betrag. Der Hausierer verließ damit grinsend unser Haus, grüßte Gott und versicherte, mein Vater werde diesen Kauf nie bereuen.

Wenig später kam meine Mutter aus der Stadt zurück. Ich sah zuerst den ovalen, geflochtenen Korb, gefüllt mit Waren, als sie die Holztreppe heraufstieg. Sie hatte ihn über zwei Stunden den steilen Weg aufwärts getragen. Unter dem Korb erschien ihr Gesicht, rot, von Schweiß bedeckt, verschattet, die Augen glanzlos. Mein Vater und ich eilten, ihr die Last vom Kopf zu nehmen, ehe sie erschöpft auf einen der Holzstühle sank.

Wir bemühten uns, Harmloses zu erzählen über den verflossenen Tag. Schließlich hob sie ihre breite, grüne Schürze und öffnete die lederne Geldtasche, die darunter verborgen war. Viele Münzen kamen zum Vorschein, meist billiges

Kupfer, etwas Silber, auch ein Goldstück. Ich durfte ihr helfen, das Geld zu zählen. Es blieben neun Mark fünfzig als Ertrag dessen, was sie zu Markt getragen hatte. Sie war stolz darauf und ihre Augen bekamen etwas von ihrem Glanz zurück.

Da erst fielen ihre Augen auf den dreifarbig gestickten Wandschmuck, der noch in der Ecke stand. Mein Vater musste beichten. Er tat es, ohne etwas zu beschönigen, aber auch ohne sich zu entschuldigen.

Was dann aus meiner Mutter hervorbrach, ängstigte mich. Sie schrie aus Leibeskräften. Es waren wüste Beschimpfungen, die ich nicht verstand oder nicht verstehen wollte. Ein Satz, den sie mehrfach wiederholte, prägte sich mir ein: »Was habe ich doch für einen Esel zum Mann!«

Ich war traurig über diesen Streit und verkroch mich oben unterm Dach, wo ich noch lange das Geschrei meiner Mutter herauftönen hörte.

Auch die nächsten Tage hielt das Grollen des Gewitters an. Ich hörte meine Mutter drohen, sie werde die Verkäufe in der Stadt aufgeben. Sie habe es satt, wie ein Lastesel Geld zu verdienen, Geld, das mein Vater sinnlos ausgebe, während sie krumm und kreuzlahm werde, zum Spott des ganzen Dorfes. Einen Samstag setzte sie aus. Dann nahm sie wieder den Korb auf sich, als wäre nichts geschehen.

Es war wohl ein Jahr später, als sich meine Eltern nochmals wegen einer Anschaffung stritten. Damals wohnten wir schon im neuen Haus. Es lag dem alten meines Großvaters gegenüber, auf der anderen Straßenseite und war erheblich geräumiger. Wie es meine Eltern finanzierten, weiß ich nicht genau. Jedenfalls haben sie das alte Haus mit den Grundstücken darum verkauft, auch einige Äcker, die meine Mutter geerbt hatte. Viel haben sie selbst auf dem Bau gearbeitet, am Abend und an den Wochenenden, und Freunde aus dem Dorf haben mit Hand angelegt.

Ich hatte in dem neuen Haus ein eigenes Kämmerchen unter dem Dach. Die Kühe waren nicht mehr unter mir, sondern in einem Stall neben dem Wohnhaus, und das Schwein hatte einen Kameraden bekommen, für den genügend Platz war.

Die wenigen Möbel standen verloren in den größeren Zimmern, und meine Mutter drängte auf Ergänzung. Mein Vater aber hatte anderes im Sinn. »Jetzt haben wir Platz für ein Harmonium«, sagte er. »Auch unser neues Haus soll dem Herrn dienen. Und dazu gehört Musik, die ihn lobpreist. Du siehst es doch auf dem alten Bild, wie Luther im Kreis seiner Familie musiziert.«

»Immer hast du so komische Ideen«, meinte meine Mutter. »Ein Harmonium, wer soll denn das bezahlen? Wir haben andere Sorgen. Einen Schrank bräuchte ich für die Wäsche und neue Matratzen für unsere Betten. Und überhaupt, wer soll darauf spielen? Von selber spielt so ein Kasten nicht!«

Meinem Vater war das Harmonium nicht auszutreiben. »Der Lehrer will sein altes verkaufen, billig, sehr billig. Fünfzig Mark, sagt er. Sicher lässt er noch mit sich handeln. Und spielen, spielen können unsere Buben. Der Johannes und der Wilhelm sind ja schon auf dem Lehrerseminar. Dort lernen sie auf der Orgel. Ein wenig«, sagte mein Vater und bekam einen roten Kopf, »ein wenig will ich es selbst versuchen. Der Lehrer hat mir schon einiges beigebracht und will mir weiter helfen. Einfach gesetzte Choräle. ›Eine feste Burg ist unser Gott‹, das wäre das Wichtigste!«

Die beiden Kühe, vor den Leiterwagen gespannt, zogen den schweren Kasten vom Lehrer zu uns. Das war an einem Samstag, als meine Mutter mit dem Korb in der Stadt war. Es gab keinen Krach, als sie zurückkam. Meine Mutter litt schweigend.

Jeden Abend, wenn mein Vater seine Vorlesung aus dem dicken Predigtbuch beendet hatte, setzte er sich ans Harmonium und versuchte »Eine feste Burg ist unser Gott«. Meine Mutter blieb in der Küche. Meine beiden Schwestern, die noch im Hause waren, zogen sich in ihre Kammer zurück. Ich blieb sitzen, obwohl meine Beine zappelten und die vielen falschen Töne meinen Kopf quälten. Mein Vater tat mir leid.

Schon sechs Jahre ging ich in die Schule, in unsere einklassige Dorfschule. Immer hielt man mir meine älteren Geschwister vor, die viel besser gewesen seien als ich, besonders meine ältesten Brüder, Johannes und Wilhelm. Die hatten immer nur Einser und studierten jetzt auf dem Lehrerseminar. Die königlich württembergische Regierung hatte ihnen ein Stipendium bewilligt. Es waren nicht wenige Bauernbuben von der Schwäbischen Alb, die so gefördert wurden. Ich zählte nicht dazu. Interessiert hat mich schon, was der Lehrer erzählte, aber ich konnte nicht lange aufpassen, war unruhig, schwätzte mit dem Nachbarn. Oft hat man mich auf einen anderen Platz versetzt, schließlich neben ein braves Mädchen. Aber das half auch nicht. Die hab' ich geärgert, an ihren Zöpfen gezogen.

Natürlich wurde ich bestraft, mit dem Rohrstock. Das hab' ich dem Lehrer nicht übel genommen. Das war halt damals so vorgeschrieben. Im Grunde war der Lehrer gutmütig, nur ein wenig verschlafen. Er hat viel gegähnt, besonders in der ersten Stunde, und oft und lange seine Brille geputzt mit einem rot karierten Taschentuch, das nie ganz sauber war.

Wenn mich der Unterricht langweilte, dachte ich mir aus, was ich nach Schulschluss anstellen könnte. Zwei Kumpane schlossen sich mir an, Michi und Ludwig. Aber ich hatte die Ideen. Ich erinnere mich da an die hellen langen Hosen von Gottlieb, dem Jüngsten des Krautlandbauern. Wir alle trugen kurze Hosen, auch im Winter, nur Gottlieb hatte lange Hosen und war stolz darauf. Genau in Höhe eines riesigen Kuhfladens haben wir ihm ein Bein gestellt, sodass er mitten in den Kot fiel, der an seinen schönen langen Hosen kleben blieb.

Den alten Dorfschmied haben wir viel geärgert, in Rohre gebrüllt, die vor seiner Werkstatt lagen, seinen Kettenhund gefoppt, dass er sich heiser bellte. Der Gipfel aber war unser Glockenstreich. Wir stiegen den Kirchturm hinauf und kletterten ins Gebälk, in dem die beiden Glocken hingen. Zwei leere Säcke banden wir um die Klöppel. Eine halbe Stunde später sollte eine Hochzeit feierlich eingeläutet werden. Die Glocken aber gaben nur dumpfe Töne, wie Urwaldtrommeln. Weder der Bürgermeister noch gar mein Vater hatten Interesse daran, die Täter herauszufinden. Man ließ Gras über die Sache wachsen. Ich spürte aber, dass ich unter dringendem Tatverdacht stand. Besonders der Pfarrer, der mir noch meine Hosentürl-Bemerkung nachtrug, sagte, ich stecke voller Boshaftigkeit, und er überlege es sich, ob er mich konfirmieren könne. Dies muss er auch meinem Vater, seinem Kirchendiener, offenbart haben, von dem es wiederum meine Mutter erfuhr. Die drohte mir mit dem Bruderhaus, einer Einrichtung, in der Waisenkinder und schwer Erziehbare in die Zucht genommen wurden. Michi und Ludwig sagte ich daraufhin, dass ich als ihr Anführer die nächste Zeit ausfalle, weil ich nicht ins Bruderhaus kommen wollte.

Der Pfarrer forderte mich eines Tages auf, doch am Konfirmandenunterricht teilzunehmen. Woher sein Sinneswandel kam, weiß ich nicht. Vielleicht hat er die Fürbitten meines Vaters erhört.

Alle bekamen wir Luthers »kleinen Katechismus«, auch Michi und Ludwig. Die Zehn Gebote mit Luthers Auslegung in Frage und Antwort, ich habe sie fleißig gelernt, konnte die Antworten herunterschnurren, ohne zu zögern, ohne nachzudenken; denn ich wusste, am Tage der Konfirmation musste ich vor der versammelten Gemeinde antworten, musste mich würdig erweisen, Gemeindemitglied zu werden.

Aber als ich vor der Gemeinde stand, meine Eltern sah, meinen Paten, meine Geschwister, begann ich schon bei der Auslegung des ersten Gebots zu stottern, blieb hoffnungslos hängen. Der Pfarrer rief Ludwig auf, ausgerechnet Ludwig, um im Text fortzufahren. Der schnurrte den Rest herunter, ohne die geringste Verzögerung, grinste mir dabei auch noch frech ins Gesicht.

Nach der Kirche sammelten sich die Konfirmanden mit ihren Familien in der Dorfwirtschaft. Ich wäre am liebsten grußlos verschwunden, so schämte ich mich. Meine Eltern schauten mich an, als hätte wieder einmal der Satan in mir gewütet. Mein Pate, Onkel Jakob, aber ging lachend auf mich zu. »Mach dir nichts draus«, sagte er. »Konfirmiert ist konfirmiert, mit oder ohne Patzer. Das gilt sogar auf der Schwäbischen Alb.«

Onkel Jakob war etwas Besonderes in der Familie. Als der

Drittälteste unter den Brüdern meines Vaters hatte er eine Lehre als Buchdrucker gemacht, war bald geschätzt in seinem Fach und konnte sich erfolgreich um eine Stelle bei einer Schweizer Zeitung in Zürich bewerben. Alles Älblerisch-Biedere hatte er dort rasch abgelegt. Ja, er zeigte Anflüge großstädtisch-eleganter Lässigkeit, besonders, wenn er sein Heimatdorf besuchte. Auch hatte er das Schwäbische durch den Singsang und die Rachenlaute aus dem Schwyzerdütsch angereichert, was ihm eine fremdländische Note gab. Heute trug er keinen schwarzen Anzug wie die Bauern, sondern dunkelblaues Tuch mit Nadelstreifen, darunter ein hellblaues Hemd und eine dunkelblaue Fliege mit weißen Tupfen. Erst in letzter Zeit hatte er sich einen Schnurrbart wachsen lassen, den er nicht in der Art Kaiser Wilhelm des II. nach oben zwirbelte, sondern gerade nach unten bürstete wie ein englischer Lord. Stolz saß ich neben ihm am lang gezogenen Wirtshaustisch.

»Ja, Bub«, sagte er, »bald lässt dich die Schule laufen, hinaus ins Leben. Da musst du wissen, was die Stunde geschlagen hat.« Er öffnete ein Ledermäppchen, das neben ihm lag, und zog eine Taschenuhr an vergoldeter Kette heraus. Auch der Deckel, den er aufklappte, glänzte vergoldet. Das Zifferblatt zeigte ein Uhr. »Die gehört jetzt dir«, sagte Onkel Jakob. »Trag' sie in Ehren. Es ist eine Schweizer Uhr. Die Schweizer sind die besten Uhrmacher.« Sprachlos hielt ich die Kette in zittrigen Händen. Da zischte meine Mutter über den Tisch: »Bedank' dich doch bei Onkel Jakob. Verdient hast du so ein wertvolles Geschenk gewiss nicht.«

Die Kellnerinnen brachten die Nudelsuppe. Der Pfarrer sprach das Tischgebet: »Komm, Herr Jesus …« Alle beugten sich über den Suppendampf, legten den Arm auf den Tisch und schaufelten die Brühe in den nahen Mund. Nur Onkel Jakob saß aufrecht, hatte den Oberarm angewinkelt und führte den Löffel mit dem Unterarm den weiten Weg zum Mund, ohne zu zittern. Ich versuchte es ihm nachzumachen, aber ich verschüttete die Brühe auf die Serviette, die schützend über meinen schwarzen Konfirmandenhosen lag.

»Weißt du denn schon, was du werden willst?«, fragte Onkel Jakob. Ich zögerte, dachte, das würden wohl meine Eltern bestimmen. Plötzlich fasste ich Mut. »Vielleicht könnte ich Buchdrucker werden wie du!« Onkel Jakob lachte. »Warum nicht?«, meinte er. Wieder mischte sich meine Mutter ein. »Das werden wir später in Ruhe besprechen. Da haben wir uns schon unsere Gedanken gemacht.«

Onkel Jakob ging gleich nach dem Essen. Er wollte noch Jugendfreunde besuchen im Dorf. Bald saßen nur noch meine Brüder Johannes und Wilhelm und meine Eltern um mich herum am Tisch. Johannes hatte schon das Lehramtsexamen hinter sich, als Bester seines Jahrgangs. Die Schulbehörde hatte ihm eine Klasse mit lernbehinderten Kindern anvertraut. Man sagte, die Kinder liebten ihn, weil er sie nicht mit dem Rohrstock belehrte, sondern mit Güte und Verständnis für ihre Schwächen. Meine Eltern waren sehr stolz auf ihn. Wenn er zu Hause war, übernahm er die Rolle des Familienoberhaupts.

Jetzt stellte er mir auch die Frage, ob ich mir schon Gedanken über meinen künftigen Beruf gemacht hätte. Ich sagte: »Gedanken schon, aber die Arbeitswelt ist mir fremd, ich kenne mich da nicht aus. Jedenfalls, Bauer will ich nicht werden. Da will ich raus! Onkel Jakob hat mir von seinem Beruf erzählt. Vielleicht wäre Buchdrucker auch etwas für mich. Aber das ist nur so ein momentaner Gedanke.«

»Die Eltern haben mich gebeten, ich soll mich um deine Ausbildung kümmern«, sagte Johannes. »Ich habe mit deinem Lehrer gesprochen und mit dem Pfarrer. Sie sagen, dass du sehr unruhig und nervös bist, dass es dir schwerfällt, dich im Zaum zu halten. Das hab' ich ja auch selber gesehen. Eine Arbeit in Bürostuben oder an Maschinen ist da nichts für dich. Du brauchst einen Beruf, in dem du dich körperlich ausarbeiten kannst, draußen an der frischen Luft. Da ist mir der Beruf des Gärtners eingefallen. Der Natur dienen und sie gestalten, das ist eine Aufgabe für dich! Mir geht immer das Herz auf, wenn ich es ringsum auf unseren Feldern blühen sehe, den roten Mohn und die blauen Kornblumen. Welchen Reichtum an Blüten kann da der Gärtner heranziehen! Auch braucht er nie Hunger zu leiden. Die Nahrung wächst ihm geradezu in den Mund. Ich hab' mich schon umgetan, wo eine Lehrstelle in einem renommierten Gartenbetrieb frei wäre, und drunten in der Stadt einen angesehenen Gärtner gefunden, der eine stattliche Zahl junger Leute beschäftigt. Alle machten mir einen gesunden, frohen und tatkräftigen Eindruck. Da, meine ich, lieber Daniel, wärst du gut aufgehoben.«

Meine Eltern nickten eifrig zu dieser schönen Rede, und mir, was blieb mir anderes übrig, als auch zu nicken?

Nicht viel später wurde ich ausgerüstet mit neuer Leibwäsche, ein paar derben Schuhen und drei grünen Schürzen, die ich heute noch trage. Meine Eltern ließen mir einen grünen Reisekoffer aus Fichtenholz anfertigen, in den ich meine Habseligkeiten verstaute. Am 1. Mai 1912 lud ich den Koffer zwischen Krautfässern und Kartoffelsäcken auf den Leiterwagen des Frachtboten, der mit seinem abgemagerten Schimmel jede Woche einmal in die Stadt trabte. Mein Vater und ich setzten uns neben den Fuhrmann auf den Kutschbock. So zog ich auf holpernden Rädern mit bangem Herzen aus, mein Glück im Gartenbau zu suchen.

Der Frachtbote, ein rauer Geselle, der schon viel von meinen Streichen und Lausbubereien gehört hatte, gab mir zum Abschied finstere Drohungen mit auf den Weg.

»Kerle«, sagte er, »wenn du bei deinem Meister nicht gut tust, dummes Zeug machst, mit Steinen ins Glashaus wirfst, dann ist deine nächste Station das Bruderhaus. Also reiß dich zusammen!«

Schon wieder das Bruderhaus, dachte ich. Ich werd's mir merken. Michi und Ludwig sind ja nicht dabei.

II

Die Gärtnerei Halder war ein echter Familienbetrieb. Der alte Meister, Benedikt Halder, kümmerte sich nicht mehr um den täglichen Kleinkram. Groß und breitschultrig, mit lockigen grauen Haaren, repräsentierte er den Betrieb nach außen, verhandelte mit Lieferanten und Großkunden, griff ein, wenn Krisen zu bewältigen waren. Nicht uneitel pflegte er sein Äußeres, hatte stets einen weißen Gummikragen mit einem schwarzen Schmetterling umgelegt, einem Schmetterling, der nie davonflog, sondern ihm und mir über meine drei Lehrjahre treu blieb.

Seine Frau, Annegret, um etwa zehn Jahre jünger und in ihren äußeren Formen gut erhalten, hielt sich im Hintergrund, gab nur selten direkte Anweisungen an die Gärtner, stachelte aber ihren Mann zu Strafaktionen an, wenn sie glaubte, Verfehlungen beobachtet zu haben. Unmittelbaren Einfluss nahm sie auf den Blumenladen, in dem eine Schar von Blumenbinderinnen und Lehrmädchen Thujagrün und die Blumen der Saison in teure Bouquets und Grabkränze verwandelten, eine Goldgrube des Betriebs, wie die Meisterin betonte. Streng achtete sie darauf, dass sich hier männliche Gärtner oder Lehrbuben nicht herumtrieben. Auch fiel sie den Blumenmädchen durch sittliche Ermahnungen auf die Nerven, die sie mit Bibelsprüchen garnierte.

Im Betrieb spielte noch der Sohn Gottlieb eine Rolle. Klein, unscheinbar und weichwangig, sollte er in die Aufgaben des Juniorchefs hineinwachsen. Es fiel ihm jedoch schwer, Befehlsgewalt auszuüben oder gar strafend den Rohrstock zu schwingen.

Dass er zwei Schwestern hatte, entdeckte ich erst nach zwei Wochen Lehrzeit. Sie wurden im Verborgenen gehalten. Zum Vorzeigen waren sie nicht geeignet. Die ältere, Sophia, litt unter Blutarmut und Schwerhörigkeit. Hager und lang aufgeschossen, entbehrte sie jeglicher Rundung. Trost fand sie in der Kirche, wo sie sonntags nach der Predigt die Kinderstunde hielt.

Ihre Schwester Katharina litt zwar nicht an leiblicher Schwäche, ihre Geisteskräfte blieben jedoch unterentwickelt, auch stotterte sie erbärmlich, sodass man viel Geduld brauchte, um sie zu verstehen. Ihre Aufgabe war es, die Enten zu füttern und zu hüten. Des Öfteren fiel einer ihrer Schützlinge in den Stadtbach, der an der Gärtnerei vorbeifloss, um dann seinen Weg unterirdisch fortzusetzen. Der Weg in die Tiefe war mit einem Gitter versperrt. Dort verfingen sich die verunglückten Vögel. Die Enten schnatterten und Katharina schrie aus Leibeskräften um Hilfe. Das war meine Chance. Ich watete durch den eiskalten Bach, fing die Tiere und warf sie aufs trockene Land. Geduldig hörte ich mir Katharinas gestotterten Dank an. Ich wusste, sie würde mich bei ihren Eltern rühmen.

Unter den Lehrlingen wurde viel geredet über die Schwächen der Meisterkinder. Es ging das Gerücht, der Meister und seine Frau seien verwandt, seien Geschwisterkinder und hätten sich geheiratet, um ihr vieles Geld nicht in fremde Hände kommen zu lassen. Die Schwächen der Kinder, das sei nun die Strafe Gottes.

Zwölf Stunden hatte ich vom ersten Tag an zu arbeiten. Lohn gab es im ersten Jahr keinen, nur Kost und Logis, und die Kost war schmal. Zum Frühstück stand auf einem langen Tisch für jeden Lehrling und Gesellen eine Tasse Kaffee. Daneben lagen zwei Scheiben Schwarzbrot. Mittags aß man etwas ergiebiger. Juniorchef, Gesellen und Lehrlinge versammelten sich um die lange Tafel nach einer Sitzordnung, die dem Dienstalter entsprach.

Ich, als der Jüngste, musste am unteren Tischende Platz nehmen, dem Juniorchef, am Kopf des Tisches, gegenüber. Gottlieb hatte den ersten Zugriff in die Schüssel, ehe sie den Tisch hinunterwanderte. Er schöpfte sehr wenig. Wie rücksichtsvoll gegenüber den Mitarbeitern, dachte ich zunächst. Bald aber bemerkte ich, dass er anschließend in ein Nebenzimmer ging, wo für die Cheffamilie üppigere Schüsseln auf dem Tisch standen.

Die unseren enthielten meist Kartoffelsalat mit viel Grünzeug darauf, dazu pro Person eine Frikadelle aus wenig Fleisch und viel Brot, manchmal auch einen Leberknödel. Satt machte der Kartoffelsalat. Die Gesellen löffelten ihn mit viel Geschick unter dem Grünzeug hervor auf ihre Teller. Bis die Schüssel zu mir kam, enthielt sie nur noch Grünzeug. Geld, um Zusatznahrung zu kaufen, hatte ich nicht. Ich musste auf die Chance warten, Trinkgeld zu ergattern.

In den ersten Wochen kam manchmal meine Mutter vorbei, ehe sie mit ihrem Korb zurückwanderte auf die Alb. Dann schenkte sie mir eine rote Wurst und ein Stück Brot, strich mir auch mit ihrer rauen Hand über den Kopf, wenn sie merkte, dass mir die Tränen kamen vor Heimweh.

Untergebracht waren Lehrlinge und Gesellen alle zusammen in einem großen Raum. In den ersten Nächten schlief ich schlecht. Meine Nachbarn hörten, wie ich in mein Kissen heulte vor Heimweh. Sie lachten mich nicht aus, meinten, das gebe sich mit der Zeit.

Am vierten Tag rief mich ein älterer Geselle zu sich. »Komm her, du Kopfhänger. Mach kein Gesicht wie die Katze, wenn's donnert! Hilf mir den Karren zum Friedhof schieben. An den Toten«, meinte er, »verdient der Chef am meisten. Und für uns fällt oft ein Trinkgeld ab.« Der Wagen war mit Dekorationsbäumchen beladen. In einer Stunde würde die Trauerfeier in der Aussegnungshalle beginnen. Die sollten wir mit den Bäumchen schmücken. Der Geselle stellte mich an die Deichsel. Ich musste ziehen. Er schob von hinten. Zugtiere oder gar Zugmaschinen gab es nicht. Mir schmerzten die Arme, als wir ankamen. Gemeinsam schleppten wir die schweren Kübel in die Halle. Nirgendwo konnte ich jemand erspähen, der nach Trinkgeldspender aussah. Nur ein mürrischer Friedhofswärter mit schwarzer Schildmütze tauchte auf und nannte uns »Dreckskerle«. Wir sollten ja keinen Dreck machen in der Halle und wenn doch, ihn gefälligst selber aufwischen. Mir war es nicht wohl in dem düsteren Raum. Es roch nach altem Weihrauch und Thujapflanzen, dem typischen Friedhofsgewächs. Ich drängte ins Freie, aber der Geselle hielt mich fest.

»Wenn du Gärtner werden willst, der auch auf dem Friedhof sein Brot verdient, musst du dich an den Anblick der Toten gewöhnen. Liegen sie erst mal hier in der Holzkiste, sind sie alle gleich, gelbnasig und friedlich. Entweder schiebt man sie da hinten ins Krematorium und es bleibt nur Asche zurück, oder die Totengräber buddeln ihnen ein Loch, in das man den

Sarg versenkt. Im letzteren Fall bleibt für uns Gärtner mehr hängen. Je größer das Grab, je aufwendiger die Grabpflege. Und die ist unser Geschäft. Aber jetzt zeige ich dir ein paar von den Toten in ihren Holzkisten. Die sind da hinten in lauter Einzelkabinen ausgestellt.«

Er zog mich mit sich in einen dunklen Gang, der nur durch eine bunte Glasscheibe etwas Licht empfing. Auf beiden Seiten erkannte ich Tür an Tür. Der Geselle öffnete die erste. Hinter Blumengebinden lag ein Mann mit grauem Spitzbart im offenen Sarg. Seine Augen waren geschlossen, die Augenlider gelb. Auch die Nase und die gewölbte Stirn schimmerten wächsern-gelb. Ich dachte an meinen Großvater, den man mir als Toten nicht gezeigt hatte. Ob er auch so aussah? Das Leben, das die Toten verlässt, wo ist es jetzt? Ist es irgendwo um uns?

Es wurde mir unheimlich. Die Angst kroch mir über den Rücken.

Ich drehte mich um und rannte weg, hinaus zu dem leeren Gärtnerkarren, der unverrückt vor der Halle stand. Der Geselle kam schimpfend hinterher. Ein Angsthase sei ich. Um ein rechter Friedhofsgärtner zu werden, müsse ich mir eine dickere Haut zulegen. Vor den Toten brauche ich mich nicht zu fürchten, vor den Lebenden schon eher. Den Gärtnerkarren ließ er mich allein heimwärts ziehen. Er lief schweigend nebenher.

Mein Heimweh legte sich. Ich bekämpfte es mit großem Arbeitseifer. Die Bedürfnisse der Pflanzen lernte ich kennen. Wie viel Wasser sie brauchten, welche Erde, welchen Dünger, welche Temperatur, wann und in welchen Farben sie blühten. Weit über meine Kenntnisse aus dem heimatlichen Bauerngarten hinaus wurde mir ihre wunderbare Vielfalt bewusst.

Aus einem Sammelband, der in der kleinen Bibliothek der Gärtnerei stand, lernte ich ihre Namen, auch die lateinischen. Und wenn ich sie auch oft falsch betonte, machte ich damit doch Eindruck beim Obergärtner.

So verging ein Jahr schnell, und ich rückte auf ins zweite Lehrjahr. Am Monatsende bekam ich nun drei Goldmark. Einen Anspruch hatte ich nicht darauf. Ob und wie viel der Lehrherr zahlte, stand in seinem Ermessen. Wenn ich den Verdienst einiger Monate zusammenlegte, konnte ich mir ein neues Hemd kaufen, ja sogar eine neue Hose für den Sonntag. Die Konfirmandenhose war mir zu eng geworden. Ein paar Groschen blieben für den Sommer- und den Winterhaarschnitt, im Sommer kurz, im Winter etwas länger.

Mit wachsendem Ansehen fand ich auch mehr Kontakt zu den Gesellen, die ihre Lehrjahre bereits hinter sich hatten. Besonders gefiel mir der lustige Max, der mich mit seinem Humor aufheiterte, wenn ich den Kopf hängen ließ. An einem Sonntag brachte er von zu Hause seine Gitarre mit. Jeden Abend lehnte er nun an seinem Kleiderschrank, zupfte die Saiten und sang Schnaderhüpferl. Zollten wir ihm lauten Beifall, strahlte er noch mehr als sonst mit seinen blendend weißen Zähnen und seinen leuchtenden Augen. Eines Abends mischte sich die Meisterin unter die Zuhörer. Max bemerkte sie nicht. Er sang aus voller Kehle:

Der Mädchen liebt' ich viele,
und stets kam ich zum Ziele.
Doch sag ich frank und frei:
Ich blieb noch keiner treu.

Die Meisterin schrie zornig, sie verbitte sich solche Lieder in ihrem frommen Haus. Dann stapfte sie hinaus und brummte Unverständliches vor sich hin.

Den Max kümmerte dieser Zornanfall der »heiligen Annegret«, wie er sie nannte, wenig. Er wusste, dass der Meister ihn schätzte und brauchte. Er war ein zupackender Praktiker, schwere Pflanzenkübel, die andere kaum vom Boden brachten, trug er von dannen wie Leichtgewicht. Auch bewegte er sich in Windeseile zwischen den Kultur- und Verkaufsräumen. Kraft und Schnelligkeit stellte er in den Dienst der Gärtnerei.

Diese Eigenschaften entdeckte aber auch der örtliche Turnverein. Dort trainierte man ihn im Langstreckenlauf. Siegreich bestand er überregionale Wettkämpfe. Eines Tages trug er eine Goldmedaille um den Hals. Wir durften sie staunend bewundern und betasten. Die Verehrung der Lehrlinge nutzte er. Wir trugen ihm seine Schuhe zum Schuster, seine Hosen zum Bügeln, holten ihm beim Friseur wohlriechendes Haarwasser und Hautöl gegen den Sonnenbrand.

Die Konkurrenz zwischen Gärtnerei und Turnverein wäre nicht lange gut gegangen. Immer weniger Zeit und Kraft blieb für die Gärtnerei übrig. Den Konflikt löste das Wehrbezirkskommando. Gerade achtzehn geworden, erhielt Max den Einberufungsbefehl zum Wehrdienst. Er feierte Abschied im Vereinshaus. Das Bier floss in Strömen und Max sang Schnaderhüpferl. Uns brachten sie ihn bei Morgengrauen als Bierleiche in den Schlafsaal. Wir durften später aufwischen, was er erbrochen hatte.

Unter den Gesellen hörte man immer mehr kritische Stimmen, ihr Monatsverdienst sei nicht ausreichend. Meist war bei ihrem Eintritt der Lohn nicht vertraglich vereinbart worden. Sie hatten sich mit dem Spruch des Meisters begnügt: »Was gerecht ist, soll euch werden.« Forderungen unzufriedener Gesellen wurden hinter geschlossenen Bürotüren erörtert. Meist sah man die Gesellen das Büro mit zornrotem Gesicht verlassen. Manche entschlossen sich zu kündigen.

In Zeitungen las ich, dass es neuerdings Gewerkschaften gab, die sich für die Lohnforderungen der Arbeitnehmer einsetzten, auch mit Arbeitsverweigerung, sogenannten Streiks. Ich konnte mir das nicht vorstellen. Meine Eltern hatten nie gestreikt, immer nur für wenig Lohn gearbeitet, und wenn der zum Leben nicht reichte, noch mehr gearbeitet. Dass man durch Nichtarbeiten mehr Geld bekommen könnte, begriff ich nicht.

Plötzlich ging das Gerücht, dass auch unter unseren Gesellen ein Gewerkschafter sei. Es handelte sich um den Nachfolger des fröhlichen Max, einen hochgewachsenen Hünen, der sich durch Bärenkräfte Respekt verschaffte. Dabei trug er den lieblichen Namen Reinhold. Immer häufiger wies Reinhold in kollegialen Gesprächen darauf hin, welch üppiger Reichtum sich im Haus der Gärtnerfamilie Halder ansammelte, Reichtümer, die wir ihnen zum Teil ins Haus trugen, wenn die Kutsche mit den Einkäufen vorfuhr. Hatten wir nicht mit unserer Arbeit zu diesem Reichtum beigetragen? Und doch blieb unser Lohn kärglich. Wir erfuhren keinen Dank von der Gärtnerfamilie, weder mit Worten der Anerkennung, noch mit großzügigen Geschenken zu Weihnachten oder zu Jubiläen. Solche sozialen Missstände, sagte Reinhold, beobachte man in den meisten deutschen Betrieben. Der einzelne Arbeitnehmer könne dagegen nicht erfolgreich ankämpfen.

Alle, die wir ausgenützt werden, müssten zusammenstehen, solidarisch sein.

Dazu hätten sich Gewerkschaften gebildet, die den Kampf aufnehmen, notfalls mit dem Mittel des Streiks.

Viele Gesellen und Lehrlinge fanden es richtig, was er sagte. Aber sie hatten Angst vor dem alten Benedikt Halder. Sie wollten nicht gesehen werden, wenn sie mit Reinhold zusammenstanden. Man konnte ja nicht wissen, ob ein Verräter unter den Kollegen war. Gar zu Veranstaltungen der Gewerkschaft gehen, das wäre dem alten Halder nicht verborgen geblieben. Der würde einen fristlos entlassen. Überdies kannte er alle seine Kollegen im Schwabenland. Als Roter abgestempelt, brächte man keinen Fuß mehr auf den Boden.

Aber da gab es den Lehrling Wilhelm, schon im dritten Lehrjahr, den sah man immer häufiger mit Reinhold zusammenstehen und diskutieren. Der hatte offenbar keine Angst. Wilhelm war Waise, in einem Waisenhaus aufgewachsen. Er sprach nie über die Erlebnisse in seiner Kindheit. Nie bekam er Besuch übers Wochenende. Er fuhr auch nie fort zu Verwandten oder Freunden.

Er hatte wohl niemanden, der sich um ihn kümmerte. Schweigsam und verschlossen ging er auf in seinen Arbeitspflichten, die er mehr als erfüllte. Der alte Halder sagte einmal, das Waisenhaus habe ihm den Wilhelm anvertraut, damit er als Lehrherr aus ihm einen anständigen, arbeitsamen und sittlich gefestigten Menschen mache. Dazu habe er sich verpflichtet.

Für Wilhelm öffnete Reinhold eine neue Welt. Weg von den Diktatoren, unter die er sich bisher geduckt hatte, hin zu Genossen, die die Brüderlichkeit besangen, die ihn als vollwertig, als gleichberechtigt anerkannten. Immer häufiger ging er abends bei Dunkelheit mit Reinhold weg. Niemand sollte ihre Abwesenheit bemerken. Es ging das Gerücht, sie würden gemeinsam Veranstaltungen der Gewerkschaft besuchen.

Natürlich kam dieses Gerücht auch dem alten Halder zu Ohren. Er ließ in Wilhelms Abwesenheit sein Bett und seinen Kleiderschrank durchsuchen. Er verhörte Mitarbeiter, von denen einige sich als Zuträger anboten. Immer mehr festigte sich in ihm die Überzeugung, sein Musterlehrling bekenne sich zu den Roten, den Roten, die für ihn des Teufels waren.

Er kochte vor Wut über diesen Ungehorsam. Es bedurfte nur eines geringen Anlasses, um diese Wut handgreiflich werden zu lassen.

Wilhelm musste damals das Nelkenhaus versorgen. Dazu gehörte es auch, abends durch eine Nikotinräucherung das Ungeziefer zu vertilgen. Wilhelm vergaß eines Abends die Räucherkerzen anzuzünden. Der alte Halder konnte ihm das nachweisen, weil in der Frühe kein Tabaksdunst zu riechen war. Er stellte Wilhelm zur Rede, warf ihm vor, er vernachlässige seine Pflichten, was nicht verwunderlich sei, nachdem er als unreifer Lausbub dem roten Gesindel nachlaufe. Damit er sich das abgewöhne, werde er von seinem Züchtigungsrecht Gebrauch machen.

Er schlug daraufhin mit einem Stock dermaßen brutal auf den Jungen ein, dass der danach mit blutverschmiertem Gesicht heulend durch die Gärtnerei lief.

Reinhold, von dem Geschrei aufgeschreckt, wollte seinem Schützling zu Hilfe eilen, traf aber auf den wutschnaubenden Meister, der ihn als radikalen roten Lumpen, als Brunnenvergifter und Aufwiegler beschimpfte. Er habe innerhalb von zwei Wochen aus seinem Betrieb zu verschwinden. Reinhold ließ sich nicht einschüchtern, sondern schimpfte kräftig zurück, nannte den alten Halder einen Kreuzkopf und scheinheiligen Kirchenbankdrücker, der seine Mitarbeiter ausnütze und Lehrlinge zuschanden schlage. Er werde ihn wegen Körperverletzung anzeigen. Einer wie er sei kein Meister, sondern ein grober Flegel.

Das steigerte die Wut des alten Halder. Er nahm den nächsten Geranientopf und schleuderte ihn gegen den Gesellen. Der wich geschickt aus, sodass das Geschoss gegen die Wand des Gewächshauses prallte. Glas splitterte. Reinhold griff zur selben Waffe und bombardierte den Meister mit Töpfen. Der kam gegen den Geschosshagel nicht mehr an und floh mit blutendem Kopf in sein Büro. Von dort rief er die Polizei an.

Die Polizei ließ sich Zeit. Erst nach mehreren Stunden kam zu Fuß ein behäbiger Schutzmann, der sich die Anklagen des Meisters und die Aussagen des Lehrlings Wilhelm in Ruhe anhörte und in sein dickes Notizbuch schrieb. Auch Reinhold, der sich nicht in den Vordergrund drängte, nahm er ins Verhör. »Es war Notwehr«, verteidigte sich Reinhold, »denn Halder hat mich zuerst mit einem Blumentopf attackiert.«

Nun ja, meinte der Schutzmann, es sei nicht seine Sache, die Blumentopfschlacht abschließend juristisch zu beurteilen. Aber auf einen Blumentopf fünf Töpfe zurück, das sei wohl etwas zu viel Notwehr. Auch könne da noch eine Schadensersatzforderung auf Reinhold zukommen wegen der Glasschäden im Gewächshaus. Länger im Gartenbetrieb Halder zu arbeiten, könne er Reinhold nicht empfehlen, sagte er abschließend mit Augenzwinkern.

Sei es nun aufgrund dieses polizeilichen Rates, sei es aus

eigenem Antrieb, jedenfalls packte Reinhold noch am selben Abend seinen Reisekoffer, verzichtete auf das Abendessen an der großen Tafel, auch auf seinen restlichen Lohn und verschwand in der Dunkelheit. Kollegen erzählten mir anderntags, sie hätten beobachtet, wie ihm zwei Männer mit einem Leiterwagen behilflich gewesen seien, vermutlich Genossen seiner Gewerkschaft.

Eine Gerichtsverhandlung fand in der Sache nicht statt. Meister Halder wird die Dinge wohl hinter den Kulissen bereinigt haben. Wihelm ließ er den Rest seiner Lehrzeit in Ruhe. Das waren nur noch wenige Monate. Unter den Kollegen wurde noch lange über den Vorfall getuschelt. Die meisten ergriffen Partei für den verprügelten Wilhelm, äußerten dies aber nicht öffentlich. Die Frau des Meisters sagte, seit dieser rote Satan aus dem Haus sei, herrsche wieder Friede.

Im Frühling 1914 wurde ich sechzehn. Wenn die Statistiken in den Zeitungen nicht lügen, haben heute die meisten Jungen in diesem Alter schon sexuelle Erfahrungen. Ich war davon weit entfernt. Ein Mädchen zu berühren, das passierte allenfalls in meinen Träumen. Meinen Altersgenossen ging es ähnlich. Beziehungen zu Mädchen waren uns Lehrlingen ausdrücklich verboten. Der Meister hatte uns bei unserer Einstellung darauf hingewiesen. Bei Zuwiderhandlung, sagte er, würden wir fristlos entlassen. Seine Frau, die fromme Annegret, versäumte es nicht, uns bei jeder passenden Gelegenheit zu züchtigem Leben zu ermahnen. So blieb uns nur der sehnsüchtige Blick nach dem anderen Geschlecht, wenn es uns begegnete.

Manchmal arbeiteten wir Lehrlinge am Gartenzaun, schnitten den Rosenhag aus oder banden die Tomatenstöcke an. Am

Zaun führte ein öffentlicher Weg vorbei. Auf ihm liefen auch Büromädchen zur Arbeit, morgens, immer zur selben Zeit. Eine kleine Schwarzhaarige mit glänzenden braunen Augen war so keck, uns Grünbeschürzten zuzuwinken. Einmal war ich allein am Zaun, da blieb sie stehen, musterte mich von Kopf bis Fuß, lächelte mich an, sagte kein Wort und ging weiter. Der Vorgang wiederholte sich eine Woche später. Diesmal fragte sie mich, ob ich denn nie ausgehen dürfe.

Ich war verlegen, stotterte, dass uns Lehrlingen so etwas verboten sei. Sie schien das zu amüsieren.

Der Wihelm, sagte sie, habe ihr viel Gutes von mir erzählt. Der sei wohl mutiger als ich. Ihr täten die Gärtnerlehrlinge leid, weil sie immer nur trockenes Brot zum Kaffee bekämen.

In dem Moment sah ich, dass die Köchin Kathrin auf dem Balkon stand und uns beobachtete. Schnell wandte ich mich wieder den Tomatenstöcken zu und ließ das Büromädchen stehen, das kopfschüttelnd weiterging.

Eine Woche später erhielt ich einen Brief von dem Mädchen in einem rosa Umschlag, der nach Veilchen duftete. Ich las ihn im Lorbeerkeller, wo mich niemand sah. Sie teilte mir ihren Namen und ihre Adresse mit. In der Gerbergasse wohnte sie, keine vornehme Gegend.

Ganz allein lebe sie mit ihrer Mutter. Gerne hätte sie einen ehrlichen Freund, mit dem sie auch einmal ein vertrautes Wort reden könne. »Als ich Sie bei der Gartenarbeit sah, fasste ich sofort Vertrauen zu Ihnen. Mein Herz sagte mir, dass ich in Ihnen den rechten Freund finde.

Über eine Freundin habe ich vor einiger Zeit den Wilhelm kennengelernt. Er hat mir erzählt, dass ihr Lehrlinge leben müsst wie die Gefangenen und die Buben im Bruderhaus. Nie dürft ihr ausgehen wie andere junge Menschen. Ich möchte es doch probieren, ob ich Sie nicht einmal herausbringe aus diesem Gefängnis, das mit blühenden Rosen umzäunt ist.

Ich erwarte Sie am Sonntag Abend gegen acht Uhr auf der Bank aus Birkenholz beim Heilbrunnen, den jeder kennt.

Einen liebevollen Gruß von der kleinen Marlies«

Ich zerriss den Brief sofort in kleine Stücke, die ich anzündete. Ein Häufchen Asche blieb zurück. Niemand sollte dieses gefährliche Dokument bei mir finden. Was wollte dieses Mädchen von mir? Was erwartete sie auf dieser Bank beim Heilbrunnen? Ich war doch völlig unerfahren. Sollte ich sie küssen, und wie sollte ich das machen? Nicht einmal meine Mutter hatte mich jemals geküsst. Vielleicht war auch das Ganze eine Falle, die andere Lehrlinge gestellt hatten.

Tappe ich hinein, würden sie mich kräftig auslachen.

Nein, ich werde nicht hingehen, unter keinen Umständen!

Am Sonntag Nachmittag wurde ich nervös. Mit schnellen Schritten lief ich durch den Wald, nannte mich selbst einen Feigling, der sich auf kein Wagnis einlässt. Warum sollte ich mich am Abend nicht vorsichtig vom Wald her dem Heilbrunnen nähern, nur um zu sehen, ob Marlies dort tatsächlich auf mich wartete?

Ich schlich also in der Dämmerung vorsichtig aus dem Haus, immer auf der Hut, niemandem zu begegnen. Als ich aus dem Wald trat, stand Marlies plötzlich vor mir, an einen Kastanienbaum gelehnt. Sie lief mir entgegen, gab mir schweigend die Hand und lehnte sich an mich, als ob ich sie vor jemand beschützen sollte. Ihre Nähe machte mich verlegen. Ich nahm sie bei der Hand und führte sie zu der Bank aus Birkenholz. Dort saß ich neben ihr, steif und auf Abstand bedacht.

Ich wusste nicht, was ich reden sollte. Schließlich fragte ich sie nach ihrem Alter, weil sie so klein und zierlich war. Ich dachte, wenn sie erst vierzehn ist, kann ich sie mit moralischer Empörung nach Hause schicken. Sie war sechzehn, genauso alt wie ich.

Mich fragte sie, ob ich schon ein anderes Mädchen hätte.

Auch wollte sie meinen Heimatort wissen und unter welchen Verhältnissen ich aufgewachsen sei. Ich dachte, meine Armut würde sie abschrecken. Aber sie begann, von meinem Äußeren zu schwärmen, von meinen Augen und meinem schlanken, hohen Wuchs. Schon als sie mich zum ersten Mal gesehen habe mit meiner grünen Gärtnerschürze, sei sie von meiner Erscheinung fasziniert gewesen.

Ehrlich, dachte ich, kann das nicht gemeint sein. Noch nie hat jemand etwas Besonderes an meinem Äußeren gefunden.

Vor dieser Zudringlichkeit konnte mich nur noch die Drohung mit Meister Halder retten. Ich erzählte, wie brutal er Wilhelm zusammengeschlagen hatte. Sie wusste davon. Dasselbe, sagte ich, werde mir passieren, wenn er von meinem nächtlichen Stelldichein erfährt.

Ich stand auf, mit der Aufforderung, jetzt nach Hause zu gehen. Sie ging zwar mit, schob aber ihre Hand unter meinen rechten Arm, so, wie sich Ehepaare führen. In der Nähe einer Straßenlaterne, die uns grell beleuchtete, blieb sie stehen, nahm eine kleine Rose, die sie am Revers ihres Jäckchens stecken hatte, und steckte sie mir ins Knopfloch meines Hemdes. »Verdient haben Sie die nicht«, sagte sie. »Sie sind ein herzloser junger Mann, dem es überdies an Mut fehlt. Man könnte meinen, Sie sind in einem Pfarrhaus erzogen worden oder im Verein christlicher junger Männer. Sie sollten in Ihrem Dorf bleiben und einen anderen Beruf lernen. Ein Gärtnerjunge muss ein ganz anderes Temperament haben. Kerle wie Sie findet man unter den Schneidern. Sie geben vielleicht einen Kalendermacher oder einen Bücherwurm, ein Draufgänger, ein Held werden Sie nie!«

Das ging auf mich nieder wie eine kalte Dusche. Bis zur nächsten Weggabelung ging das Mädchen noch neben mir, ohne sich bei mir einzuhängen. Dann sagte sie Adieu und lief alleine stadteinwärts. Ich bin ihr nie mehr begegnet. Offenbar nahm sie jetzt einen anderen Weg zu ihrer Arbeitsstätte.

Mein letztes Lehrjahr wurde ein Kriegsjahr. Schon im Frühjahr 1914 war die Stimmung vaterlands- und wehrfreudig. In meiner schwäbischen Heimatstadt schlugen die Wellen vaterländischer Begeisterung besonders hoch, weil sie auserkoren war, den Kriegerbundtag zu veranstalten. An diesem Tag versammelten sich alle Militärvereine des Landes, jedes Jahr in einer anderen Stadt. In den Militärvereinen waren die Reservisten und Landsturmmänner organisiert, die ihre Militärdienstzeit hinter sich hatten, den Wehrgeist aber weiter im Herzen trugen.

Der württembergische König, Wilhelm II., ließ es sich nicht nehmen, mit seiner hohen Generalität in Paradeuniform an diesem Fest teilzunehmen und den Vorbeimarsch seiner ausgedienten Soldaten abzunehmen.

Keine Feier ohne Blumenschmuck. Auf die Gärtner der Stadt kam ein riesiger Auftrag zu. Der Juniorchef unseres Betriebs, Gottlieb Halder, Reservist ohne Gefreitenknopf, entwickelte die Idee, mit Tannengrün umwundene hohe Säulen aufzustellen, an deren Spitze in brennendem Rot blühende Geranien hingen.

Die Ratsherren waren begeistert. Tagelang kamen die Gärtner nicht zur Ruhe. Alles, was Blumen und Girlanden zu binden vermochte, griff zu, zur Ehre seiner Majestät und zum Nutzen ihres Chefs.

Schon im Morgengrauen des Kriegerbundtages bliesen die Posaunen vom höchsten Kirchturm. Später marschierten Miltärkapellen auf, die einige Regimenter des Landes abstellten. Drei Stunden lang mussten sie Miliärmärsche blasen, damit die Reservisten nicht außer Tritt gerieten, wenn sie an ihrem König und dessen Generälen vorbeimarschierten. Der König, mit grau meliertem Vollbart, trug den Gardeoffiziers-Helm, dessen weißer Haarbusch auf seinem Kopf wehte.

Die Bürger jubelten ihm unentwegt zu, und er legte unzählige Male die Hand an den Helmrand und lächelte.

Mit dem Vorbeimarsch der Reservisten war der öffentliche Teil der Feier vorbei. Die Bürger hörten jedoch nicht auf, ihrem König zuzujubeln. Auch wurden Rufe nach der Königin laut, die es vorgezogen hatte, im Hotel Kronprinz zu bleiben und von dessen Balkon aus das Spektakel mit dem Fernglas zu betrachten. Der König beschloss daraufhin, mit offener Hofkutsche, gezogen von zwei rassigen Rappen, durch die Wilhelmstraße zu fahren, die als Hauptgeschäftsstraße nach ihm benannt war. Zusammen mit der Königin wollte er so die Huldigung der Wohlhabenden entgegennehmen, die ihre herrschaftlichen Wohnungen über ihren Läden hatten und sich weit aus dem Fenster lehnten. Königin Charlotte stieg am Hotel Kronprinz hinzu, eingehüllt in ein wallendes weißes Spitzenkleid mit straff korsettierter Taille.

Die Frauen und Töchter der wohlhabenden Bürger hatten sich mit kleinen Blumengebinden reichlich eingedeckt.

Ich musste sie körbeweise in ihre Wohnungen hochtragen. Die ließen sie nun hinunterregnen auf die offene Kutsche, begleitet von schrillen Jubelrufen, die hin und wieder eine männliche Bassstimme wohltuend grundierte. Bald saß das königliche Paar inmitten eines Blumenhags. Der Tochter des Juweliers, einer törichten Jungfrau, blieb es vorbehalten, ihr dorniges Rosensträußchen so unglücklich zu werfen, dass es die Königin im Gesicht traf. Entsetzensschreie unterbrachen den Jubel. Ich stand am Straßenrand, genau in Höhe der Kutsche, und sah, wie ein königlicher Blutstropfen über die Wange rollte, hinab auf das blütenweiße Spitzenkleid.

Die Triumphfahrt wurde abgekürzt, die Königin im Hotel Kronprinz ärztlich versorgt. Ein Generalarzt des Heeres, mit roten Biesen an den Hosen, klebte ein Pflaster auf die königliche Wange.

Königin Charlotte soll sich sehr ungehalten über den Vorfall geäußert haben. Von Anfang an sei ihr klar gewesen, dass sich diese Kleinstädter nicht zu benehmen wissen.

Der König dagegen, sagt man, habe die Sache mit Humor aufgenommen. »Deinen Blutzoll fürs Vaterland hast du jetzt geleistet«, soll er zu seiner ungnädigen Gemahlin gesagt haben.

Deren Miene hellte sich auch nicht auf, als sich der Bürgermeister der Stadt, ein schon vor längerer Zeit geadelter Großbürger, beim anschließenden Festbankett dutzende Male bei ihr entschuldigte und dabei auch vor einem Kniefall nicht zurückschreckte, obwohl sein Leibesumfang ihm erhebliche Schwierigkeiten bereitete. »Hören Sie mit diesem Unsinn auf«, soll sie geknurrt haben. »Ich kann das nicht mehr hören!«

Es war der letzte schwäbische Kriegerbundtag. Tagelang mussten wir all den Pflanzenschmuck wieder abräumen. Es gab wenigstens reichlich Trinkgeld. Viele Geschäftsleute hatten gehofft, zum königlichen Hoflieferanten ernannt zu werden. Ein solches Schild in vergoldeter Fassung hätte das Geschäft belebt. Aber der königliche Segen blieb aus. Vielleicht wegen des Attentats der törichten Jungfrau.

Es vergingen nur wenige Wochen, bis aus dem vaterländischen Spiel Ernst wurde. Am letzten Augusttag verkündete die kaiserliche Regierung Mobilmachung. Gestellungsbefehle flatterten in die Häuser, brachen ein ins Familienleben. Aber die Begeisterung übertönte alle Sorgen. Wenn ich das heute, im ausgehenden 20. Jahrhundert, überdenke, ist es mir unbegreiflich. Die Deutschen taumelten 1914 in den Krieg, als öffnete sich ihnen das Paradies. Krieg als die große Befreiung, der große Aufbruch! Und niemand fragte, wohin.

Die Gärtner hatten wieder zu tun. Dieses Mal schmückten wir die Gewehre der Soldaten, ehe sie an die Front gekarrt wurden. Auch ich war mit meinen sechzehn Jahren im Begeisterungstaumel, eilte zum Bahnhof, um Sträußchen zu verteilen, jubelte mit der Menge und hatte Angst, der Krieg könnte nicht so lange dauern, bis ich alt genug war, ein Held zu werden.

Unser Juniorchef Gottlieb erhielt seinen Gestellungsbefehl in den ersten Septembertagen. Er jubelte nicht, wirkte eher bedrückt. Seine Einheit fuhr zum Einsatz in die Mittelvogesen. Das schwäbische Regiment, im Ruf besonderer Tapferkeit, sollte den Donon stürmen, den höchsten Berg der Vogesen. Der Angriff blieb im französischen Maschinengewehrfeuer liegen. Über hundert Tote lagen auf dem Berghang, darunter unser Gottlieb.

Trauer kehrte ein ins Gärtnerhaus. Die Familie nahm nicht mehr teil an der Begeisterung über deutsche Siege, hisste auch keine Siegesfahnen. Der alte Meister war verändert. Man hörte ihn nicht mehr toben. Oft wirkte er wie geistesabwesend, als wäre ihm sein Betrieb gleichgültig geworden.

Zum ersten Mal in meiner Lehrzeit bewilligte er mir drei Tage Urlaub über die Weihnachtsfeiertage. Ich fuhr zu meinen Eltern und kam wieder in ein Trauerhaus. Kurz vor Weihnachten hatten sie die Nachricht erhalten, dass mein ältester Bruder Johannes in Polen gefallen war.

Er war der Lieblingssohn meiner Eltern, ihr ganzer Stolz. Als hochbegabter Stipendiat hatte er es früh zum Lehrer gebracht. Er schrieb Gedichte und Erzählungen und fand damit öffentliche Anerkennung. Noch heute bewahre ich die Abschrift seines letzten Feldpostbriefes auf, den er voller Todesahnung an seine Verlobte geschickt hatte. Die Verse, die er ihr schrieb, berühren mich.

So geh ich nun den Weg von dir.
Wohin er führt, ich weiß es nicht.
Doch wird ein Stern, stets über mir,
ein Schimmer sein von deinem Licht.
Nun will ich stets, als wie im Traum,
im weiten fernen Himmelsraum
die Hände halten vor das Angesicht.

Meine Mutter weinte viel an diesen Weihnachtstagen. Mein Vater war noch wortkarger als sonst. Es stehe wohl in der Bibel, sagte er, man solle dem Kaiser geben, was des Kaisers ist, und Gott, was Gottes ist. Ein solches Blutopfer, wie er und Tausende anderer Eltern bringen mussten, das könne weder der Kaiser noch Gott verlangen. Da müsse der Satan im Spiel sein.

Zu meiner Schande muss ich gestehen: Auch nach diesen Weihnachtstagen war mein Begeisterungsrausch fürs Vaterland noch nicht der Ernüchterung gewichen. Er wurde neu angefacht durch einen früheren Schulkameraden, der bei einem Schreiner in die Lehre ging. Im Februar 1915 suchte er mich abends in der Gärtnerei auf. Die Bretterhoblerei habe er satt. Wir seien groß genug, ein Gewehr zu tragen und fürs Vaterland zu kämpfen. Beim Bezirksfeldwebel, der neben dem Wehrbezirkskommando wohne, könne man sich freiwillig melden. Das sei unkompliziert und gehe auch noch nach Feierabend.

Mir schien das verlockend. Es roch nach Abenteuer, weg von den Blumentöpfen und Frühbeeten, endlich ein Mann sein! Noch am selben Abend schlichen wir uns zum Bezirksfeldwebel. Der lobte uns zunächst als schneidige Burschen. Meinen Freund fand er aber mit einem Meter siebenundfünfzig zu kleinwüchsig. Wenn er drei Zentimeter zugelegt habe, könne er wiederkommen. Bei mir bemängelte er das Alter. Sechzehn Jahre und sieben Monate, da sei eine Rekrutierung nur mit Erlaubnis der Eltern möglich. Die sollte ich schriftlich einholen.

Ich schrieb einen Brief an meinen Vater. Ich sei entschlossen, malte ich in Sütterlinschrift, die Fahne aufzunehmen, die mein gefallener Bruder nach Polen getragen habe. Freiwillig wolle ich Soldat werden, um für Kaiser und Reich zu kämpfen.

Ich schloss mit dem Vers:

Ich hab' mich ergeben
mit Herz und mit Hand,
dem Land voll Lieb und Leben,
dem deutschen Vaterland.

Zwei Tage später kam zwar kein Antwortbrief, aber mein Vater persönlich. Er war verärgert, sprach von Hirngespinsten und dummen Bubenstreichen. Er verständigte auch meinen Meister, dessen Urteil noch etwas drastischer ausfiel. Beide gaben mir die strenge Anordnung, meine Lehre, die nur noch zwei Monate dauerte, regulär abzuschließen. Dies sei für mein ganzes weiteres Leben von schwerwiegender Bedeutung, was man vom deutschen Kommiss nicht sagen könne.

So blieb ich, wo ich war, wärmte die Frühbeete, säte auch reichlich Gemüse, wie es die Regierung empfahl, damit das Volk im Krieg nicht Hunger leiden muss.

Meister Halder hätte mich gerne als bezahlten Gehilfen behalten. Aber ich strebte eine Gehilfenstelle am Botanischen Garten im benachbarten Tübingen an. Dort gab es Tausende Gewächse aus aller Welt und nicht nur die heimische Flora wie in der Gärtnerei Halder.

Mit meinem grünen Holzkoffer ging ich wieder auf Wanderschaft, nicht weit, aber, so glaubte ich, einem weiteren Horizont entgegen.

III

Der Botanische Garten, Teil der berühmten Universität Tübingen, wurde für mich, den Bauernbuben von der Alb, zum Irrgarten, der mich in eine berufliche und persönliche Krise führte.

Zunächst empfing mich der Garten freundlich. Ich bezog ein Zimmer in einem Gebäude hinter dem großen Palmenhaus, dessen Außenwände mit wildem Wein überwuchert waren. Vor den beiden hohen Fenstern stand ein alter Trompetenbaum mit riesigen Blättern, und über die Fensterläden rankten sich Triebe eines Pfeifenstrauches. Ein Zaubergarten, dachte ich.

Auch wurde mir ein stattlicher Lohn zugesichert, 90 Goldmark im Monat. Ein guter Mittagstisch kostete 50 Pfennige, das Glas Bier 10 Pfennige und im Juli konnte man das Pfund Kirschen für drei Pfennige kaufen.

Weniger freundlich empfing mich mein Vorgesetzter, der Garteninspektor. Er trug täglich einen schwarzen Gehrock mit hellgrauer Weste und schwarz gestreiften Hosen. Seine Hände machte er nicht schmutzig. Fast einen Meter neunzig groß, sah er von oben auf mich herab. Seinen breitrandigen grauen Filzhut behielt er auf und strich sich mit der linken Hand von Zeit zu Zeit würdevoll über den grauen Vollbart.

»Eigentlich«, sagte er mir zur Begrüßung, »sind Sie für

diesen Posten viel zu jung und unerfahren. Ihr Vorgänger, der nun leider an der Front steht, war fünf Jahre älter. Er hat schon seine Lehrzeit am Botanischen Garten verbracht. Der kannte sich aus, auch in den überseeischen Gewächsen. Im Übrigen brachte er eine solide Bildung aus sechs Klassen Gymnasium mit. Was soll's, wir leben in harten Zeiten und müssen vorlieb nehmen mit dem, was noch verfügbar und nicht bei der Truppe ist. Strengen Sie sich an! Machen Sie die Augen auf! Wo ein Wille ist, ist auch ein Weg!«

So ging ich daran, was über den Winter im Glashaus stand, ins Freie zu versetzen. Das Schlimmste waren die Kakteen. Oft zentnerschwere unförmige Kübelgewächse, trugen sie Dornen und Stacheln zum Schutz gegen den Biss hungriger Tiere in der Wüste. Man konnte ihnen nur mit Lederhandschuhen beikommen und der Hilfe freundlicher italienischer Gartenarbeiter, die mich nicht im Stich ließen.

Diente man so der Schaulust des Publikums, war die höhere Aufgabe, der Wissenschaft an die Hand zu gehen. Die Pflanzen, nach Arten und Familien systematisch geordnet, mussten den Studenten der Medizin und der Pharmazie als Anschauungsmaterial zur Verfügung stehen. Der Professor, seine Dozenten und Assistenten benötigten Pflanzen oder Teile von ihnen für ihre Vorlesungen und Übungen. Nicht selten gab es Ärger, wenn etwas fehlte oder verwechselt wurde. Und der Ärger landete über den Inspektor immer bei mir.

So Tag für Tag in harter Arbeit, ohne Lob und Anerkennung, begann ich darüber nachzudenken, ob mein gefallener Bruder Johannes den richtigen Beruf für mich ausgewählt hatte.

Schon immer hatte ich ihn darum beneidet, dass er einen

»geistigen« Beruf erlernen und ausüben durfte, dass er auch Gedichte und Erzählungen schreiben konnte.

Ihm als Soldat in den Tod nachfolgen zu wollen, war sicher töricht. Aber gab es nicht doch eine Möglichkeit für mich, ihm in seinem geistigen Streben zu folgen? Ich begann zu lesen, abends nach der Arbeit, bis tief in die Nacht.

Gedichte las ich, von Hölderlin, wegen des Turms, den ich täglich vor Augen hatte, von Mörike, weil mich seine schwäbische Gemütsart ansprach. Schillers Balladen las ich, weil ich begreifen konnte, was er erzählte. Und immer war es der Rhythmus, die Sprachmelodie, die mir einging, die in mir nachklang, auch wenn ich den Inhalt nicht verstand.

Morgens war ich unausgeschlafen und nicht bei der Sache. Schiller beschäftigte mich oder Mörike, während ich Pflanzen sortierte. So häuften sich die Fehler und die Rügen des Inspektors.

Ich hatte nur einen befristeten Vertrag, der im Oktober auslief. Der Inspektor meinte, es mache keinen Sinn, ihn zu verlängern. Ich stimmte dem zu. Den grünen Koffer schickte ich mit der Bahn.

Mein Vater war entsetzt, als ich zu Hause auftauchte.

»Viel rutschen schadet dem Hosenboden«, sagte er. »Wenn du im Beruf vorwärtskommen willst, darfst du nicht dauernd wechseln. Durchhalten musst du, auch wenn die Arbeit hart ankommt.«

Ich sagte wenig, saß herum, vergrub mich im Dachzimmer und las Gedichte.

Mein Vater spürte meine Unzufriedenheit. Auch entnahm er meinen wenigen Wortbrocken, dass ich die Gartenarbeit satt hatte.

Da kam ihm eine merkwürdige Idee. Ich weiß nicht, woher. Wahrscheinlich hatte er unter seinen vielen Vettern einen Bahnbeamten. Das sei doch ein solider, sicherer und interessanter Beruf, erklärte er mir. »Bahnhofsvorsteher sein und mit der roten Mütze auf dem Kopf den Zugverkehr dirigieren, davon habe ich früher immer geträumt«, sagte er.

Den Weg dorthin hatte er für mich schon erkundet, wahrscheinlich über den Vetter.

»Um als Beamtenanwärter des mittleren Dienstes aufgenommen zu werden, muss man eine Aufnahmeprüfung machen«, erklärte er mir. »Die kannst du als Volksschüler vom Lande nur bestehen, wenn du einen Vorbereitungskurs besucht hast. Ein pensionierter Gewerbelehrer hält in Vaihingen solche dreimonatigen Kurse ab, in einem Gasthof, in dem man auch verpflegt wird. Für die Unterbringung ist in umliegenden Privathäusern gesorgt. Natürlich kostet das Geld. Stipendien gibt es nicht. Aber das lass meine Sorge sein. Wenn du nur endlich in eine sichere Stellung kommst.«

Mir war die Kraft zu eigenem Willen abhanden gekommen. Erst mein Bruder Johannes, jetzt der Vater! Ich tat, was sie wollten.

Mit der Bahn fuhr ich nach Vaihingen, zwei Reisekoffer im Gepäcknetz. Es war Spätherbst, nass und kühl, die Bäume standen kahl. Das Licht hatte keine Chance.

Ich schleppte die Koffer zum Gasthof Gambrinus. Eine mürrische Kellnerin gab mir die Wohnadresse, ein Mansardenzimmer in einem privaten Wohnheim. Das Fenster ging zum Hinterhof. Ich sah auf fünf Mülleimer in Reih und Glied.

Am anderen Morgen um acht Uhr hatte ich mich im Nebenzimmer des Gasthofs einzufinden. Kahle Stühle und Tische und eine Wandtafel. Die Luft stickig. Ich meinte, Bierdunst zu riechen. Die Mitschüler sahen alle blass aus und spitznasig. Ich passte da nicht hinein mit meiner Gärtnerbräune. Sie sagten auch nicht »Grüß Gott« zu mir. Der Gewerbelehrer hatte eine pockennarbige Nase, deren Farbe vom Roten ins Blaue überging. Er redete in einer hölzernen Sprache, die ich schwer verstand. Es fiel mir auf, dass sie viele Substantive und kaum Verben enthielt.

Die Kursgebühr von monatlich fünfzig Mark hätten wir im Voraus zu bezahlen, sagte er gleich am Anfang. Wir müssten sie morgen mitbringen.

Dann ließ er uns einen Aufsatz über unsere Anreise schreiben, gab uns Textaufgaben im Rechnen und eine erste Lektion Französisch.

Um zwölf Uhr war der Unterricht beendet. Die mürrische Kellnerin trug das Essen auf: Maultaschen mit Kartoffelsalat.

Der Lehrer ging nach Hause. Wir sollten das Gelernte daheim wiederholen und morgen die fünfzig Mark nicht vergessen, sagte er.

In meinem Mansardenzimmer legte ich mich aufs Bett und sinnierte im Dunkeln.

Es war eine Art Tagtraum, der mich heimsuchte. Ich sah mich im Winter auf dem Bahnsteig. Lärm und Kälte kamen über mich. Die Dampflokomotiven pfiffen in schrillen Tönen, Güterzüge donnerten vorbei, Lautsprecher krächzten. Die Menschen um mich hasteten blicklos, gruẞlos. Ich flüchtete in den Wartesaal. Abgestandene Luft empfing mich dort, kalter Rauch und die Ausdünstung vagabundierender Bettler.

Es war nicht der Verstand, es waren diese Bilder, die mir

in wenigen Sekunden klar machten, dies kann nicht meine Welt sein.

Schon am anderen Morgen ging ich nicht mehr in den Gasthof Gambrinus. Meiner Vermieterin zahlte ich die Miete für einen halben Monat, erzählte ihr etwas von einem plötzlichen Todesfall in der Familie, der mich zwänge, diese Ausbildung abzubrechen. Auch gab ich ihr einen kurzen Brief an den Gewerbelehrer, in dem ich ihm erklärte, ich sei leider nicht in der Lage, seinem anspruchsvollen Unterricht zu folgen, und müsste daher in den Gärtnerberuf zurückkehren.

Koffer hatte ich nicht zu packen. Sie waren noch weitgehend unausgepackt. Der Zug brachte mich heimwärts ins Elternhaus.

Im Haus brannte noch Licht. Meine Eltern saßen in der Wohnstube. Ich hatte nicht den Mut, ihnen jetzt Rede und Antwort zu stehen. So schlich ich mich in die Scheune und legte mich ins Heu. Die Koffer stellte ich in den Hausgang, vor die Stalltüre. Ich wusste, mein Vater würde vor dem Schlafengehen die Haustüre abschließen. Dann musste er die Koffer sehen und meine Heimkehr entdecken.

Der Schein einer Laterne weckte mich nach kurzer Zeit auf. »Wieder bist du davongerannt«, sagte mein Vater und meine Mutter weinte.

»Ich erklär' euch alles morgen«, stotterte ich und schlich hinauf in meine Dachkammer.

Anderntags gab es kein Strafgericht. Mir war, als ob auch mein Vater ein schlechtes Gewissen hätte. Sein Traum vom Bahnhofsvorsteher mit der roten Mütze war zerronnen.

Ich bekundete meinen festen Willen, im Gärtnerberuf zu bleiben. Das beruhigte meinen Vater, zumal ich noch am selben Tag Stellenanzeigen in einer Fachzeitschrift für Gärtner studierte und mich auf eine ausgeschriebene Gehilfenstelle am Botanischen Garten in Erlangen bewarb.

In Erlangen war alles anders. Der Garteninspektor im Botanischen Garten empfing mich im Arbeitsdrillich. Darüber trug er eine große, grüne Schürze.

»Ich bin sehr froh, dass Sie zugesagt haben«, sagte er. »Alle jüngeren Gehilfen sind weg, an der Front.« Er zeigte mir mein Zimmer: nüchtern, praktisch, sauber, Bett, Tisch, Schrank und ein Waschbecken mit fließendem Wasser, eine Seltenheit während des Ersten Weltkriegs. Warum ich Tübingen verlassen hatte, interessierte den Inspektor nicht. Er begleitete mich zur Arbeit, griff mit zu und beobachtete, wie ich zugriff. Kritik hörte ich von ihm nicht, wohl aber hilfreiche Hinweise aus seinem profunden Wissen und des Öfteren sogar ein Lob.

Einige Tage später stellte er mich dem Professor vor, einem älteren Gelehrten mit struppigen grauen Haaren und einem fast weißen Vollbart.

»So, siebzehn sind Sie«, sagte er. »Da können wir Sie ja hoffentlich noch eine Weile behalten.«

Dann streckte er mir seine Hand entgegen. Ich zögerte, weil ich Erde an den Fingern hatte. »Nicht so schüchtern«, sagte er und zog meine Hand an sich.

Danach sprach er mich öfter an, wenn ich ihm Anschauungsmaterial für seine Vorlesungen brachte, freute sich, wenn ich ihm die Pflanzen mit lateinischem Namen präsentierte, und gab mir alsbald die Erlaubnis, als Gasthörer einige seiner Vorlesungen zu besuchen.

Außerhalb der Vorlesungen sah ich kaum Studenten im

Botanischen Garten. Spaziergänger tummelten sich auf den Gartenwegen, Mütter mit Kinderwagen, Rentner und allerhand Sonderlinge, die mit ihren Fragen meine Arbeit unterbrachen. Besonders beliebt war das Glashaus mit den Orchideen. Ausgestattet mit den wohlriechendsten Sorten aus aller Welt, erfüllte ihr Duftgemisch den Raum, strömte in die Kleider der Besucher, die für den halben Tag parfümiert von dannen gingen.

Unter den Sonderlingen, die fast täglich in den Garten kamen, fiel mir ein kleiner, schmaler Herr mit schwarzem Filzhut auf. Er mochte um die vierzig sein. Brille und scharf geschnittene Nase wiesen ihn als Intellektuellen aus. Seine Kleidung war eher die eines Landstreichers: eine alte Jacke mit speckigem Kragen, dazu verbeulte Hosen, die einmal zu einem anderen Anzug gehört haben dürften, an den Füßen klobige Stiefel, als wollte er Berge besteigen.

Von Gartenarbeitern, die ihn schon länger kannten, erfuhr ich, es handle sich um einen Dauerstudenten. Er habe zwar schon einen Doktortitel erworben in einem philologischen Fach, interessiere sich jetzt aber für Botanik. Zum Leben habe er nur eine kleine monatliche Zuwendung einer mildtätigen Tante. Man nenne ihn Sebastian. Seinen Nachnamen verrate er niemandem.

Sobald ich an Sebastian vorbeiging, schaute er mir nach. Oft stellte er sich in meine Nähe, wenn ich in einem Beet arbeitete. Er beobachtete mich, ohne mich anzusprechen. In den Vorlesungen des Professors versuchte er, einen Platz in meiner Reihe zu finden. Einmal gelang es ihm, sich direkt neben mich zu setzen. Er starrte mich an, statt nach vorne zu schauen. Am Ende der Vorlesung sprach ich ihn an. »Wollen

Sie etwas von mir?«, sagte ich wenig verbindlich. Er errötete, sah zu Boden und murmelte: »Ich will Sie nicht behelligen. Ich seh' Ihnen gerne zu, wie Sie arbeiten. Sie lieben die Pflanzen, wie ich auch.«

»Ja«, sagte ich, »mit dem Lieben allein ist es allerdings nicht getan. Die Pflanzen wollen gepflegt sein, und das ist harte Arbeit.«

»Arbeit ist mir nicht fremd«, meinte Sebastian. »Ich arbeite allerdings lieber mit dem Kopf als mit den Händen. Und wenn ich Ihre Stirn anschaue, bin ich sicher, hinter der herrscht auch nicht Stillstand. Gerne würde ich mich ausführlicher mit Ihnen unterhalten. Aber das ist wohl nur nach Feierabend möglich.«

Wir verabredeten schließlich, uns abends im Gasthof Forelle zu treffen, wo man ein Glas Bier für zehn Pfennige trinken konnte.

Allerlei Gedanken gingen mir vor diesem Treffen durch den Kopf. Warum interessierte sich dieser Doktor mittleren Alters für mich, einen siebzehnjährigen Bauernbuben? Warum starrte er mich so merkwürdig an? So verhielten sich Männer, wenn sie in ein Mädchen verliebt waren. Es soll ja auch Männer geben, die sich in Buben verlieben, dachte ich. Dann sah ich in den Spiegel und konnte nichts entdecken, was so einen merkwürdigen Gelehrten verlocken könnte.

Im Gasthof fragte mich Sebastian nach meinem bisherigen Leben aus. Meine ärmliche Kindheit im bäuerlichen Elternhaus interessierte ihn sehr. Auch meine harten Lehrjahre beim Gärtner Halder musste ich ihm ausführlich schildern. Der eine leidet unter Armut, der andere unter Überfluss, meinte er. Ihn habe der Reichtum seiner Eltern angeödet. Meinen Ausflug zur Bahn verschwieg ich. Dafür strich ich mein neu erwachtes Interesse für die Dichtkunst heraus, meinte Sebastian damit zu imponieren, und der ging auch sofort mit Begeisterung darauf ein. Über Mörike habe er seine Doktorarbeit geschrieben. Die Geschichte der deutschen Literatur habe er in all ihren Phasen studiert, auch das Lehramtsexamen in Deutsch und Geschichte abgelegt. Aber dann sei er doch vor einem Leben in muffigen Schulstuben zurückgeschreckt, habe auch einige Enttäuschungen mit Menschen erlebt und sich daher lieber den Pflanzen zugewandt.

Dann machte er mir ein überraschendes Angebot. Er spüre in mir einen großen Bildungshunger, den die Dorfschule nicht gestillt habe. Ihm wäre es eine Freude, diesem Mangel abzuhelfen, mir aus seinem Wissen über Literatur, Geschichte und Philosophie zu erzählen. Das gehe wohl nur am Abend, und im Wirtshaus hätten wir dafür keine Ruhe. Er habe keine Bleibe, in der er Besuch empfangen könne. So fragte er, ob wir das nicht in meinem Zimmer machen könnten.

Einen Moment erschrak ich über dieses Ansinnen. Wieder tauchten Gedanken über homophil veranlagte Männer in mir auf. Aber dann dachte ich, notfalls würde ich mich zu wehren wissen, und sagte ja.

Er kam mit einer Einkaufstasche, aus der eine Flasche mit Leitungswasser, einen Rettich, drei Scheiben Vollkornbrot und ein Stück Edamer Käse auspackte. Er esse wenig, sagte er, oft nur einen Apfel und eine Scheibe Brot am Tag. Das Mitgebrachte reiche für uns beide. Ich spendete Teller, Messer und Gabel, und wir setzten uns nebeneinander an meinen Tisch. Ich wagte nicht recht zuzugreifen, sodass die Hälfte des Edamer Käses übrig blieb. Andererseits hatte ich Hunger von der körperlichen Arbeit. So machte ich den Vorschlag, ich würde künftig für die abendliche Brotzeit sorgen. Dies sei eine kleine Gegenleistung dafür, dass er mich unterrichte. Sebastian war einverstanden, betonte aber erneut, sein Magen sei an wenig Nahrung gewöhnt.

Noch während ich die Teller wegräumte, begann er mit seinem Gang durch die deutsche Literaturgeschichte.

Walther von der Vogelweide lernte ich kennen mit seinem »Unter der Linde auf der Heide, wo unser beider Lager war …«. Bis zu Gryphius drang er vor, der den Tod besang. »Was nach uns kommen wird, wird uns ins Grab nachziehn. Was sag ich? Wir vergehn wie Rauch von starken Winden.«

Vom Dreißigjährigen Krieg erzählte er mir in diesem Zusammenhang, von Mord, Grausamkeit und Folter, und dass dieser, unser Weltkrieg nicht anders sei.

Ich dachte an den Jubel im August 1914 und wurde nachdenklich.

Es wurde zweiundzwanzig Uhr, bis Sebastian mich verließ. Ungeziemend nahe gekommen war er mir nicht, auch nicht bei Walthers »Unter der Linde auf der Heide«. Nur, als er von der Grausamkeit des Krieges sprach, fuhr er mir plötzlich mit der linken Hand durchs Haar und murmelte: »Dich darf der Moloch Krieg nicht fressen.«

Was mir dabei besonders auffiel, war das »Du«. Vorher hatte er immer Sie zu mir gesagt und nachher wieder.

Er kam an drei Abenden in der Woche. Was ich an Wurst, Käse, Butter und Brot vor ihm ausbreitete, rührte er kaum an. Meist begann er schon zu dozieren, während ich noch an der roten Wurst kaute. Er versuchte mich auch in die Gedankengänge der Philosophie einzuführen, erzählte mir von Kant, Schopenhauer und Nietzsche. Aber ich muss gestehen, dass ich ihm da kaum folgen konnte. Nur wenn er Nietzsches Gedichte deklamierte, berauschte ich mich am Klang und Rhythmus der Sprache. Die Schönheit der Sprache, meinte er, sie gehe einem auch ins Ohr, wenn man den Sinn nicht erfasse, ja die Sprache gar nicht kenne. Und er trug mir aus dem Gedächtnis Strophen aus der »Odyssee« Homers vor.

Sebastian regte meinen Lesehunger an. Von meinem Lohn kaufte ich Bücher nach seinem Rat. Antiquarisch konnte ich Gesamtausgaben von Schiller und Goethe erwerben. Auch Lenau, Heine, Gottfried Keller, Liliencron und Chamisso kaufte ich in Auswahlbänden. So verdanke ich einen Großteil meiner späten Bildung Sebastian.

Gerne hätte ich ihm meine Dankbarkeit bekundet. Aber als ich nach dem Ersten Weltkrieg beim Erlanger Botanischen Garten nach ihm fragte, war er von dort verschwunden. Niemand wusste wohin, niemand kannte seine Adresse.

Sebastian war nicht mein einziger Bekannter in der Erlanger Zeit. Ein merkwürdiger Zufall verschaffte mir den freundschaftlichen Umgang mit drei Söhnen aus großbürgerlichen Häusern.

Als ich an einem Nachmittag das Warmhaus betrat, sah ich drei junge Burschen an dem großen Aquarium stehen. Einer von ihnen beugte sich über das Wasser und versuchte, mit den Händen einen Fisch zu fangen. Die beiden anderen verfolgten die erfolglosen Bemühungen mit Gelächter. Die Burschen waren nicht sehr verlegen, als ich sie zur Rede stellte. Ein Scherz, eine Wette, sagten sie, eine Wette, dass der Fischfang mit den Händen nicht gelingen würde.

Der erfolglose Fischfänger entschuldigte sich bei mir und stellte sich mit seinem Namen vor. Er war der Sohn eines bekannten Erlanger Anwalts. Der eine seiner Freunde stammte aus einem großen Hotel der Stadt, der andere aus einer oberfränkischen Brauerei.

Es wäre ihnen schon recht, meinte der Anwaltssohn, wenn ich die Sache auf sich beruhen ließe. Ein Schaden sei ja nicht entstanden und sie würden die Fische in Zukunft bestimmt in Ruhe lassen. Eigentlich liebten sie Tiere und Pflanzen. Deshalb kämen sie ja auch oft hierher.

Alle drei besuchten ein Erlanger Gymnasium. Es stellte sich heraus, dass sie so alt waren wie ich. Aber was für ein Unterschied zwischen ihrer Welt und meiner. Sorglosigkeit und Überfluss auf ihrer Seite, während ich mich mühsam aus der Armut heraufarbeitete. Umso mehr genoss ich es, dass sie die Bittsteller waren und ich ihnen Ablass gewähren konnte.

Aus der zufälligen Begegnung erwuchs Freundschaft. Was uns verband, war die Liebe zur Literatur. Alle drei waren sie begeisterte Theaterbesucher. Nachgerüstet durch Sebastians Unterricht konnte ich mithalten, wenn sie über Schillers »Kabale und Liebe« diskutierten. Sie waren bass erstaunt über den Bildungsstand eines Volksschülers vom Lande. Als Abonnenten der Erlanger Bühne boten sie mir ihre Karte an, wenn einer von ihnen verhindert war. Manchmal nahm ich mir auch einen billigen Stehplatz. Nach der Aufführung gingen wir zu mir und diskutierten bis spät in die Nacht. Der Brauerssohn versorgte uns mit Flüssigkeit.

Es war für mich die Zeit eines beglückenden Aufbruchs, die jäh abriss, als im November 1915 ein eingeschriebener Brief vom Wehrbezirkskommando Nürnberg eintraf, der meine sofortige Einberufung zum Heer anordnete. Ich war siebzehn Jahre und vier Monate alt.

IV

Da ich einerseits von kräftiger Statur war, andererseits Plattfüße hatte, wurde ich nicht zur Infantrie, sondern zur Artillerie eingezogen. Dies erhöhte meine Überlebenschancen.

Wenn eineinviertel Jahre nach Kriegsbeginn noch Reste patriotischer Begeisterung in mir waren, genügten drei Monate Grundausbildung in einem bayerischen Artillerieregiment, um sie mir auszutreiben.

Die Dressur fand in Straßburg statt. Sie begann mit der Einkleidung. Der Waffenrock, den man mir verpasste, war zwei Nummern zu groß, dafür drückten die Stiefel und die Mütze passte nicht auf meinen großen Kopf. Größe 60 führe ich nicht, sagte der Kämmerer. Die ist unmenschlich. Nur Rindviecher haben so einen riesigen Grend.

Ich sah in meinen kleinen Taschenspiegel. Aus einem ansehnlichen Jüngling war eine lächerliche Figur geworden.

Als erste kriegswichtige Übung lernten wir Grüßen, eine Woche lang.

»Sobald ein höherer Dienstgrad auf zehn Meter Entfernung herankommt, reißt der Soldat den rechten Arm hoch, bis er rechtwinklig zum Oberkörper steht, biegt den Oberarm sodann ab in Richtung zum rechten Auge und berührt dabei die rechte Schläfe mit den Fingerspitzen. Der linke Arm wird senkrecht an die linke Körperseite gedrückt. Die Beine bewegen sich mit durchgedrückten Knien in strammer Gangart, die eines Soldaten würdig ist.«

Auch Marschlieder mussten wir lernen. Das erleichtert stundenlange Fortbewegung.

Lasst marschieren, lasst marschieren!
Das gibt Mut den Kanonieren,
wenn er drischt den Feind wie Stroh.
Ganze Scharen folgen froh.
Herzen brennen lichterloh!

In der Grundausbildung herrschten die Feldwebel und Unteroffiziere. Sie genossen ihre Macht. Zivilen Umgangston durfte man sich ihnen gegenüber nicht erlauben. Einem Feldwebel, der abends in der Kantine saß und nießen musste, wünschte ich: »Gesundheit, Herr Feldwebel!« Dafür verdonnerte er mich dazu, vier Wochen lang seine langen Stiefel blank zu putzen.

Hatten wir Grüßen, Marschieren und Singen gelernt, mussten wir in zweistündigem Marsch hinaus auf den riesigen Exerzierplatz Polygon, auf dem nicht viel Gras wachsen konnte unter Tausenden Soldatenstiefeln. Auf Kies und Dreck mussten wir herumkriechen, wenn es den Korporalen so gefiel. Drei, vier Stunden täglich wurden wir auf diesem Schindanger herumgejagt, rennend, hüpfend, kriechend, eine willenlose Maschine, die den Feind niederwalzen sollte.

Alle zehn Tage kam der Zahlmeister mit einem Schreiber und zahlte uns drei Mark dreißig Sold aus. Das reichte für täglich zwei Glas Bier oder für zwei Dosen Schuhcreme, mit der man Koppelzeug und Stiefel polierte, um beim täglichen Kleiderappell nicht unangenehm aufzufallen.

Eines Tages wurde ich von der bayerischen zur württembergischen Artillerie versetzt. Das hatte mein Vater mit einer Eingabe an das Wehrkreiskommando bewirkt, die ihm ein befreundeter Anwalt aufsetzte. Unter Schwaben würde ich mich wohler fühlen als unter bayerischen Lackeln, meinte mein Vater. Die schwäbische Artillerie lag ebenfalls in Straßburg, in Fort Werder. Bald merkte ich, dass die schwäbischen Unteroffiziere die gleichen Lackel waren wie die bayerischen, nur fluchten sie auf schwäbisch.

Auch war unsere Ausrüstung schlechter als bei den Bayern. Wir schossen mit alten Zehn-Zentimeter-Feldkanonen, die bei jedem Schuss in die Höhe hüpften wie die Flöhe.

An Ostern 1916 war unsere Grundausbildung zu Ende, und man verfrachtete uns an die Westfront. In Laon wurden wir ausgeladen und bezogen schließlich Stellung in dem kleinen Dorf Cheret, nördlich des heiß umkämpften Chemin des Dames.

Von Heldentaten kann ich nicht berichten. Gemeine Kanoniere haben selten Gelegenheit zum Heldentum. Ich hatte auch kein Verlangen danach. Ich hatte nur ein Ziel, den Krieg lebend zu überstehen. Dass es mir gelang, war es Zufall oder hatte ich so etwas wie einen Schutzengel, was immer dies sein mag?

Zweimal ist mir der Schutzengel begegnet. Das erste Mal gleich im Dorf Cheret, das zweite Mal kurz vor Kriegsende.

In der Nähe unserer Stellung im Dorf Cheret lag das Schloss Montberault. Der Besitzer, ein französischer Baron, war geflohen. Deutsche Soldaten hatten viel von der feudalen

Einrichtung geplündert, um sich das eigene Quartier bequemer zu gestalten. Das Schloss war umgeben von einem großen Park mit zahlreichen Obstbäumen, gesichert durch eine mannshohe Mauer. Der Park konnte von den französischen Stellungen auf dem Berg eingesehen werden. Trotzdem wagten es einige Kanoniere, über die Mauer zu klettern und sich Obst zu holen. Sie schwärmten von einem Baum mit reifen Frühäpfeln. Ein wohlbeleibter Kamerad, der Käser Grundasch aus Leutkirch, ließ mir keine Ruhe. Ich sollte mit ihm über die Mauer. Er allein schaffe das nicht.

Ich stemmte ihn hinüber. Auf den Baum musste ich allein. Der Grundasch blieb unten und suchte in den Sträuchern nach Beeren. Kaum saß ich in der Krone und versuchte einen kleinen Sandsack mit Äpfeln zu füllen, heulte eine Granate über meinen Kopf hinweg und schlug in ein Nebengebäude des Schlosses. Wenig später folgte eine Salve aus vier Rohren. Zwei Geschosse trafen das Schlossdach, ein drittes flog hinter das Gebäude, und das vierte riss den Ast ab, auf dem ich saß, ohne zu explodieren. Ich stürzte auf die Wiese. Der Ast federte mich ab. Einen Moment war ich betäubt, dann tastete ich mich ab, fand meine Glieder ganz, wenn auch schmerzend, und rannte, so schnell ich konnte, über die Mauer ins Dorf. Der Grundasch rannte noch vor mir. Jetzt schaffte er die Mauer ohne meine Hilfe.

»Mensch, Daniel!«, rief er, als er endlich anhielt, »hattest du Glück! Wär' das kein Blindgänger gewesen, bei dem die Zündung versagt hat, wär' das Ding in der Baumkrone explodiert, es hätt' dich zu Hackfleisch zerrissen. Wir hätten dich zusammenkratzen müssen für den Heldenfriedhof.«

Ich hatte Alpträume die nächsten Nächte.

Die zweite Begegnung mit dem Schutzengel war grausamer. Es geschah in der Endphase des Krieges im Oktober 1918. Die letzte deutsche Offensive an der Westfront im Frühjahr war gescheitert. Das deutsche Heer zog sich zurück, bedrängt von weit überlegenen kanadischen und amerikanischen Einheiten mit modernen Panzern. Unser Regiment war inzwischen wenigstens motorisiert. In Etappen fuhren wir von Stellung zu Stellung, zurück in Richtung Osten. Im Wald, in der Nähe von La Fere, sollten wir für eine Nacht biwakieren. Die Kanoniere krochen in ihre Zelte. Ich gehörte zu den vierzehn Fernsprechern der Einheit, die Telefonleitungen legten. Wir fanden hundert Meter oberhalb eine Bretterhütte, in der wir uns einrichteten. Der Batterieführer kam und gab uns den Befehl, zur Sicherung der Truppe eine Telefonleitung auf einen nahe gelegenen Berg zu legen und dort eine Beobachtungsstelle einzurichten. Bei Nacht in unwegsamem Gelände war das kein Vergnügen. Zwei Mann wurden benötigt. Niemand meldete sich freiwillig. Da erteilte der Batterieführer mir und einem Kameraden aus Tübingen den dienstlichen Befehl.

Fluchend marschierten wir los mit Kabeltrage und Fernsprechgerät, einer Last von über einem Zentner. Gegen dreiundzwanzig Uhr kamen wir ans Ziel, bauten die Geräte auf, riefen die Batterie an und bekamen Anschluss.

Den Anruf sollten wir jede Stunde wiederholen. Obwohl der Gefechtslärm sich langsam näherte, schliefen wir nach einer Stunde vor Erschöpfung ein. In der Morgendämmerung weckte uns eine Salve, die der Feind über unsere Köpfe ins Tal schickte. Wir versuchten Verbindung zu bekommen zu unserem Waldbiwak. Es meldete sich niemand.

Als wir aufbrachen, um auf Störungssuche zu gehen, kamen uns zwei Infanteristen entgegen. »Da unten im Biwak sieht es bös' aus«, sagten sie. »Da gab es Verluste.«

Als wir den Platz erreichten, von dem wir gestern aufgebrochen waren, sahen wir ein Bild des Grauens. Die Hütte war nicht mehr zu sehen. Holzsplitter lagen im Wald zerstreut neben blutbefleckten Fetzen der Wolldecken. Ein Lkw unserer Einheit stand abfahrbereit etwa zehn Meter entfernt. Auf der offenen Pritsche lagen in Tücher gewickelte Leichen. Der Fahrer berichtete uns, ein Geschoss sei einen Meter neben der Hütte eingeschlagen und habe sie weggefegt mit allem, was sich darin befand. Elf unserer Kameraden seien im Schlaf vom Tod überrascht worden, von Granatsplittern durchsiebt. Einer habe hinter der Hütte auf einer Bank Wache gehalten. Ihm wurden beide Beine abgerissen. Ein Sanka habe ihn abtransportiert.

Mir wurde schlecht. Ich habe mich auf den Waldboden erbrochen. Der Tübinger sagte, wenn uns der Batteriechef nicht wegkommandiert hätte, lägen wir jetzt auch auf der Pritsche.

Zufall? Wer wirft ihn zu? Manchmal grüble ich noch heute darüber nach.

In den nächsten Tagen wurde ich krank. Magen- und Darmkoliken mit leichtem Fieber plagten mich. Der Sanitäter meinte, ich hätte verdorbenes Wasser getrunken. Ich kam in eine Krankensammelstelle. Der Oktober ging zu Ende, und alle wussten, der Krieg würde nicht mehr lange dauern. Man hängte mir einen Krankenzettel um den Hals und setzte mich in einen Lazarettzug in Richtung Heimat. Auf vielen Umwegen gelangte ich schließlich zu dem für mich zuständigen Standortlazarett auf dem Kuhberg in

Ulm. Mit Diätkost und viel Milch machte man mich dort wieder dienstfähig.

Inzwischen war es Mitte November und der Krieg zu Ende. Als ich mich in der Garnison meldete, empfing mich der Soldatenrat mit roten Armbinden.

Der ließ mich aber nicht einfach laufen. Nein, auch der glaubte an deutsche Ordnung und die verlangte Papiere, ordnungsgemäße Entlassungspapiere. Dazu wurde eine Schreibstube eingerichtet mit einem Stabszahlmeister, der wiederum eine Schreib- und Rechenhilfe benötigte.

Der Stabszahlmeister hielt mich für geeignet. Wir bezogen ein Dienstzimmer mit zwei Tischen und zwei Stühlen sowie mehreren großen Holzkisten mit Vorhängeschloss. Die Schlüssel verwaltete der Zahlmeister. Jeden Tag schloss er einmal auf, um, wie er sagte, nachzusehen, ob dieses Heeresgut unversehrt erhalten blieb. Dabei sah ich, dass die Kisten Kleidungsstücke, Schuhe, Lederwaren, Socken, Wolle, Nähfaden und Herrenunterwäsche enthielten, alles Dinge, die man längst nicht mehr ohne Bezugsscheine kaufen konnte. Bei den täglichen Kontrollen merkte ich, dass die Vorräte abnahmen. Ich hatte den Zahlmeister im Verdacht, und es kam mir der Gedanken: Warum sollte ich es ihm nicht nachmachen und wenigstens einen bescheidenen Teil auf meine Seite bringen?

Manchmal vergaß der Zahlmeister, die Kisten abzusperren, bevor er ging. Ich griff zu, machte kleine Päckchen mit der begehrten Ware und brachte sie zu Verwandten in der Stadt. Die stellte ich mit etwas Nähfaden und Futterstoff zufrieden, sodass sie gerne bereit waren, die Päckchen an meine Eltern ins Heimatdorf zu schicken.

Die Entlassungsgeschäfte gingen dem Ende entgegen. Als

ich eines Tages in der Frühe die Schreibstube betrat, standen alle Kisten offen und waren leer. Wenig später kam der Zahlmeister. Er brüllte mich an: »Dafür sind Sie verantwortlich! Ich zeige Sie an!« Prompt erschienen darauf zwei Soldaten mit Seitengewehr und Stahlhelm und nahmen mich fest. Ich sei verdächtig, Heeresgut gestohlen zu haben. Sie sperrten mich in ein ehemaliges Wachlokal mit Tisch, Stuhl und Bett. Ich verbrachte dort eine Nacht mit Alpträumen, in denen man mich standrechtlich erschoss. Die Reichswehr, so lautete die Anklage, sei dank meiner Machenschaften ohne Unterhosen. Am Morgen schloss einer der Soldaten auf. Er sagte, die Ermittlungen seien an die Ulmer Polizei abgegeben. Solange sie laufen, müsse ich in Haft bleiben.

Wenn sie nur nicht mein Elternhaus durchsuchen, dachte ich und schwitzte, obwohl es Februar war und kalt.

Später erzählte mir der Mann meiner ältesten Schwester, der als Amtsdiener im Bürgermeisteramt meines Heimatdorfes arbeitete, Folgendes: Die Ulmer Polizei rief den Bürgermeister an, er solle mein Elternhaus durchsuchen lassen. Der Bürgermeister wiederum wies den Amtsdiener an, er solle den Dorfgendarmen mit der Aktion beauftragen. Mein Schwager, der Amtsdiener, ging aber zuerst zu meinen Eltern, um sie zu warnen. Meine Eltern waren schrecklich aufgeregt und wussten nicht recht, was sie tun sollten. Zum Glück war mein Patenonkel Jakob aus der Schweiz zu Besuch da. Der raffte schnell das Heeresgut in einen Rupfensack und trug es in das Bernlochwäldle, um es dort zu verstecken.

Der Dorfgendarm konnte in meinem Elternhaus nichts Verdächtiges finden. Der Bürgermeister meldete dies telefonisch der Ulmer Polizei. Ich war rehabilitiert und wurde aus der Haft entlassen.

Als ich wieder ins Büro kam, war der Zahlmeister verschwunden. Sein Bursche erzählte mir, er habe mit einigen anderen Soldaten mehrere Kisten und Koffer zum Güterbahnhof bringen und an die Berliner Privatadresse des Zahlmeisters versenden müssen. Ich hab' ihm den Plunder gegönnt. Nur anzeigen hätt' mich der Schuft nicht müssen.

Anfang März 1919 konnte ich den Kuhberg verlassen, mit allen Entlassungsurkunden versehen. Ich kehrte ins Elternhaus zurück. Wo auch sonst hätte ich mich hinwenden sollen? Meine alt gewordenen Eltern nahmen ihren einundzwanzigjährigen Jüngsten liebevoll auf, ohne große Worte.

V

Für längere Zeit konnte ich mich von meinen Eltern nicht durchfüttern lassen. Ich suchte nach Arbeit. Gärtner waren in der ersten Nachkriegszeit nicht gefragt. So verdingte ich mich beim Straßenbau. Das Landratsamt plante eine neue Straße von meinem Heimatdorf hinunter in die Stadt. Ich dachte an den mühsamen Weg meiner Mutter mit dem Korb auf dem Kopf und daran, wie sehr ihr eine kürzere, bequemere Straße geholfen hätte. So machte meine Arbeit mit Pickel und Schaufel Sinn.

Junge und alte Männer aus dem Dorf, Bauern, Knechte und arbeitslose Gesellen arbeiteten an dem Projekt. Sie alle konnten das Geld dringend brauchen. Nach langer Abwesenheit von der Heimat lernte ich die karge, einfache Welt dieser Menschen wieder schätzen. Niemand prahlte mit Heldentaten oder Leidensgeschichten aus dem Krieg. Alle waren froh, ihn überstanden zu haben. Die Sorge füllte sie aus, wie der Alltag zu bewältigen sei. Überall in der Verwandtschaft gab es Kriegerwitwen mit Kindern. Ihnen wurde geholfen. Das war selbstverständlich und geschah ohne große Worte. Über Politik wurde nicht gesprochen. Von Politikern erwartete man keine Hilfe. Der kleine Mann musste sich selbst helfen.

Mittags kamen die Bauersfrauen und brachten ihren Männern warmes Essen im Henkelmann: Spätzle in der Brühe, mit Kartoffelschnitzen dazwischen. Apfelmost wurde ausgeschenkt. Ledige, wie ich, begnügten sich mit Butterbrot und Käse. »Ebbes muss ma ja haba von der Ehe«, meinte einer der Bauern.

Im Herbst 1920 war die Straße fertig. Ich versuchte, wieder in meinem Beruf als Gärtner Fuß zu fassen. Drunten in der Stadt fand ich zunächst nur eine Anstellung als Volontär mit zehn Mark Taschengeld im Monat, untergebracht im Vorraum einer Scheune, in dem bei Nacht die Wanzen übers Bett liefen. Ich ergriff nach wenigen Wochen die Flucht und verdingte mich als Herrschaftsgärtner bei einem Lederfabrikanten.

Das Problem war dort die Ehefrau. Sie stand jeden Morgen hinter mir und wies mich an, was ich zu tun hatte. Ihre Anweisungen gingen oft ins fachliche Detail. Meinen Widerspruch duldete sie nicht. Eines Tages zog sie alle Sommerblumen, die ich tags zuvor nach meinen Vorstellungen gesetzt hatte, aus dem Boden. Ich sollte sie nach ihren Anweisungen neu setzen. Auch kommandierte sie mich zum Teppichklopfen. Ich war in meiner Gärtnerehre gekränkt und kündigte. Nie mehr Herrschaftsgärtner, sagte ich mir.

Es folgte ein Jahr in einer Baumschule in Oberbayern. Der frisch gegründete Betrieb versuchte sich auch in der Anlage neuer Gärten. Sie zu entwerfen und an der Ausführung mitzuwirken, machte mir besondere Freude. Hier entstand die Idee, einmal Gartengestalter zu werden, damals noch ein Wunschtraum.

Eigentlich hab' ich mich wohl gefühlt in Oberbayern, auch die liebevolle Zuneigung einer hübschen, aber bildungsfernen Bauerntochter genossen, die ich schließlich arrogant im

Stich ließ, um eine Stellung in Stuttgart anzunehmen. Was mich letztlich dazu bewog, weiß ich nicht. Ich glaube, es war das Heimweh nach dem Schwäbischen. Heimweh hat mich ja mein Leben lang geplagt, angefangen bei der Zeit als Lehrling in der Gärtnerei Halder.

Der Stuttgarter Betrieb war chaotisch, keine Spur von schwäbischer Lebensart. Der Chef spielte den Don Juan, der Sohn den Playboy. Beide hatten sich zwei Betriebsangestellte als Spielgefährtinnen ausgesucht, die sie nachts abwechselnd besuchten. Die Damen genossen entsprechende Vorrechte, arbeiteten wenig und intrigierten viel, mischten sich in Personalentscheidungen und führten Eifersuchtskämpfe. Daneben stand die verbitterte Ehefrau des Chefs, hütete ihren beträchtlichen Geldsack, aus dem sie jegliche Investition in den notleidenden Betrieb verweigerte. Es dauerte zwei Monate, bis ich dieses Chaos durchschaut hatte und kündigte.

Meine Schwabensehnsucht war gedämpft. Ich wagte mich wieder in die Ferne, zu einer Staudenkultur-Gärtnerei in Rossdorf bei Darmstadt. Unterkunft fand ich in der Nähe, in einem Dorf im Odenwald.

Im Winter 1921 fragte mich der Chef, ob ich nicht Lust hätte, in der Landschaftsabteilung zu arbeiten. Er habe einen Auftrag von den Chemischen Werken Merck in Darmstadt für die Gestaltung eines Ehrenhains, in dem der sechshundert gefallenen Werksangehörigen gedacht werden solle. Meine Zukunft als Gartengestalter im Auge, sagte ich begeistert zu.

Mit dem Frühzug fuhr ich nun jeden Tag nach Darmstadt, zusammen mit zahlreichen Werktätigen. Unter ihnen fiel mir bald eine junge Dame auf, hellblond, mit frohen blauen

Augen, die Intelligenz und Zurückhaltung gegenüber aufdringlichen Mitmenschen verrieten. So, jedenfalls, war mein erster Eindruck. Sie weckten meine Neugier und das immer stärker werdende Bedürfnis, ihr näher zu kommen. Sie anzusprechen, wagte ich nicht. Ich wollte ihr schreiben. Aber dazu benötigte ich ihren Namen und ihre Adresse.

Abends fuhr sie zwei Stationen über Rossdorf hinaus. Ich blieb in ihrer Nähe sitzen, stieg mit ihr aus und folgte ihr in größerem Abstand. Schließlich schloss sie die Tür zu einem Einfamilienhaus auf. Ich notierte mir den Namen vom Türschild, die Straße und die Hausnummer und wanderte bei einbrechender Dunkelheit durch den Odenwald zurück.

Noch in der Nacht schrieb ich den Brief. Durch ausgiebiges Lesen und Sebastians Unterricht im Botanischen Garten Erlangen hatte ich mir eine gewisse Schreibgewandtheit angeeignet. Auch fiel es mir leicht, humorvolle Formulierungen zu finden, die nicht mit der Tür ins Haus fielen. Immerhin wagte ich die Bitte, die Dame treffen und ihre Bekanntschaft machen zu dürfen.

Schon am übernächsten Tag erhielt ich einen Antwortbrief in einem länglichen blauen Umschlag. Doris, so hieß die Dame, schrieb, Stil und Inhalt meines Briefes hätten sie berührt. Dahinter stecke sicher ein ungewöhnlicher Mensch, den sie gerne kennenlernen würde. Sie schlug ein Treffen am Darmstädter Ostbahnhof für den nächsten Abend vor.

Ich war verlegen, als ich ihr die Hand gab, ihr schien die Begegnung selbstverständlich.

»Längst hab ich bemerkt, dass Sie mich mit Ihren Blicken verfolgten«, meinte sie, und sie lachte über meinen anstrengenden Weg, ihren Namen und ihre Adresse zu erkunden.

»Warum einfach, wenn es auch umständlich geht.« Das sei wohl Schwabenart. Ich hätte sie doch einfach ansprechen können.

Wir schlenderten durch Parkanlagen, setzten uns auf eine Ruhebank. Sie fragte mich nach meinem bisherigen Lebensweg. Von sich erzählte sie mir, dass sie im Sekretariat der Technischen Hochschule Darmstadt arbeite und sich in ihrer Freizeit vor allem mit Literatur beschäftige. Sie schwärmte von Stifter, Rabe und Storm. Von den lebenden Dichtern liebte sie Hesse besonders, kannte »Peter Camenzind« und »Narziss und Goldmund«. So trafen wir uns in gemeinsamer Bewunderung. Meine schüchternen Versuche körperlicher Berührung wies sie mit sanfter Hand zurück, meinte aber, wir sollten uns wieder treffen, um unsere Gespräche zu vertiefen.

Wenige Tage später lud sie mich ein, mit ihr am Samstagabend eine Aufführung des »Zerbrochenen Krugs« von Kleist im Darmstädter Staatstheater zu besuchen. Ich zog den dunklen Anzug meines gefallenen Bruders an, der mir leidlich passte, und führte Doris, die ein schickes langes Kleid trug, stolz an unsere Plätze.

In der Pause bot ich ihr den Arm an, sie hängte sich bei mir ein, und so spazierten wir wie ein bürgerliches Ehepaar ins Freie. Ich war begeistert von der Aufführung. »Bravo!«, rief ich am Schluss und drückte die Hand meiner Partnerin, die sich das gefallen ließ.

Das steigerte mein Selbstbewusstsein, und ich wagte den Versuch einer liebevollen Umarmung, als wir uns am Bahnsteig verabschiedeten. Die allerdings wehrte sie entschieden ab.

Es folgten mehrere Treffen an Wochenenden, auch eine Wanderung im Odenwald. Immer verstand es Doris, die Gespräche vom Persönlichen weg auf die gemeinsamen literarischen Interessen zu lenken. Wenn sie von ihrer Familie sprach, erwähnte sie ihren früh verstorbenen Vater, ihre Mutter, mit der sie zusammenlebte, und einen älteren Bruder, der bereits aus dem Haus sei. Von einem Partner oder auch nur einem Freund war nie die Rede.

So wurden meine Träume immer kühner. Könnte Doris nicht dereinst meine Frau werden? Jung, schön, gebildet, an Gleichem interessiert, von vornehmer Zurückhaltung, die für einen guten Charakter sprach. Ich war verliebt, wie noch nie in meinem jungen Leben, und ich bildete mir ein, in den Augen meiner neu gewonnenen Freundin manchmal so etwas wie liebevolle Zuneigung aufleuchten zu sehen. Allerdings war es keine bewundernde Zuneigung wie bei dem einen oder anderen Bauernmädchen, eher eine nachsichtig überlegene. Mir überlegen, das war sie wohl auch, und daran knüpften sich meine Zweifel. Was konnte ich ihr bieten, ich, ein junger Gartentechniker mit kärglichem Gehalt, aus ärmlichen Verhältnissen stammend, der Bauernbub von der Schwäbischen Alb?

Dann wieder sah mein verliebter Blick die Welt rosig, und so war ich überglücklich, als mich Doris zu einem Sonntagnachmittagskaffee in ihr Elternhaus einlud. Wieder holte ich den dunklen Anzug meines Bruders heraus, besorgte mir einen Frühlingsstrauß in unserer Gärtnerei und marschierte hoffnungsfroh durch den Odenwald zu dem mir bekannten Haus. Doris öffnete mir. Sie lächelte überlegen, als hätte sie einen Sieg errungen. Wir traten ins Wohnzimmer, wo schon der Kaffeetisch gedeckt war. Dort überreichte ich meinen Blumenstrauß Doris' Mutter, einer kräftigen Fünfzigerin mit straff nach hinten gekämmtem Haar, die sich freundlich bedankte und bemerkte, sie habe schon viel von mir gehört, nur Gutes natürlich. Dann ging sie in die Küche, um Kaffee zu holen.

»Jetzt sind wir ganz allein«, sagte ich in einer romantischen Gefühlsaufwallung zu Doris. Die lächelte nachsichtig. Dann fiel mein Blick auf den Tisch und ich sah vier Gedecke. »Wer kommt denn noch dazu?«, fragte ich. Doris lachte, ohne verlegen zu werden. »Gleich werden wir vollzählig sein«, sagte sie.

In diesem Augenblick ging die Tür auf und es trat ein hochgewachsener, sportlich gekleideter, junger Mann ein, mit schmalem, gebräuntem Gesicht und dunkelbraunem, sorgfältig gescheiteltem Haar. Er sprach mich mit Namen an und schüttelte mir kräftig die Hand. »Es freut mich sehr, dass Sie uns besuchen«, sagte er.

Ich sah ihn verdutzt an. Dann kam mir eine Idee.

»Sind Sie Doris' älterer Bruder?«, fragte ich.

»Falsch geraten«, meinte er lachend. »Ich bin Doris' Mann.«

Dieser Satz traf mich wie ein Blitzschlag. Ich muss kreidebleich geworden sein im Gesicht, sodass Doris mich erschrocken fragte, ob mir schlecht sei, und mir einen Stuhl hinschob, damit ich mich setzen konnte. Alles Weitere verfolgte ich wie im Nebel. Die Stimmen kamen aus weiter Ferne. Doris' Mann redete davon, dass seine Frau ihm immer alles erzählt habe über unsere Treffen. Sie habe mir doch gewiss keine falschen Hoffnungen gemacht. Es ging doch nur um unsere gemeinsamen literarischen Interessen. Vielleicht hätte ich eine zu lebhafte Fantasie, wie sie Menschen entwickeln, die einsam sind. Diese Einsamkeit habe seine Frau gespürt und sie habe Mitleid mit mir empfunden.

Mitleid! Das wollte ich am wenigsten hören. Und ich hatte von Liebe geträumt! Ich fühlte mich zutiefst gedemütigt!

Doris und ihr Mann wechselten rasch das Thema. Der Mann erzählte von sich, von seiner beruflichen Tätigkeit als Bankangestellter. Man nötigte mich, den Obstkuchen zu versuchen und die Kaffeetasse zu leeren. Kaffee sei gut für meinen offenbar schlechten Kreislauf.

Bald versuchte ich aufzubrechen. Das Ehepaar begleitete mich noch ein Stück durch den Odenwald. Das sei ein Gebot der Höflichkeit. Man könne sich doch wieder treffen, zu dritt. Es kam nicht dazu.

Ich fühlte mich nicht mehr wohl in Rossbach. Bestand nicht ständig die Gefahr, Doris und ihrem Mann zu begegnen? Ich sah ihre überheblichen Gesichter auf mich herabschauen. Was war ich für sie? Ein Versuchsobjekt, das sie kaltschnäuzig beobachteten? Wie verhält sich ein verliebter Tölpel vom Lande?

Diese Frau war mir ein Rätsel. Mitleid mit dem armen Bauernbuben? Das hätte sie doch nicht daran gehindert, mir von vornherein reinen Wein einzuschenken, sich als verheiratete Frau vorzustellen und mir freundschaftlichen Umgang mit sich und ihrem Mann anzubieten. Nein, irgendwie reizte sie das Spiel mit dem Feuer, mit meinem Feuer und auf meine Kosten.

Dass man mich und meine Gefühle nicht ernst nahm, darüber konnte ich nicht hinwegkommen. Der dünne Boden meines Selbstbewusstseins war eingebrochen.

Die Arbeiten am Ehrenhain gingen zu Ende. Würde man mich weiter beschäftigen und mit welchen Arbeiten? Ich hatte keinen unbefristeten Vertrag. Die allgemeine wirtschaftliche Lage beunruhigte mich. Die Inflation trieb ihrem Höhepunkt zu. Das Geld zerrann einem zwischen den Händen. Der Geldwert schwand von Stunde zu Stunde. Die Druckmaschinen spuckten immer größere Geldscheine aus, Scheine mit immer mehr Nullen, der Weg ins Nichts. Wer steckte dahinter? Wer war der Gewinner? Ich war viel zu naiv, dieses Spiel zu durchschauen. Ich wusste nur, dass ich endlich eine feste berufliche Position finden musste, die mir Schutz bot vor dem Versinken in Arbeitslosigkeit und Elend.

Ein merkwürdiger Zufall machte mir Hoffnung. Im Zug zwischen Heidelberg und Darmstadt begegnete ich meinem früheren Bataillonskommandeur. Ich wusste, er war im Zivilberuf höherer Forstbeamter. Mittlerweile hatte er eine führende Position in der württembergischen Forstverwaltung erreicht. Er wies mich darauf hin, dass die forstgärtnerische Abteilung des Landes junge Kräfte einstelle. Nach drei Jahren Vorbereitungsdienst könnte ich dort ins Beamtenverhältnis kommen. Er werde mir gerne dabei behilflich sein.

Beamtenverhältnis, das schien mir der sicherste Hort in diesen unruhigen Zeiten. Ich schickte umgehend meine Bewerbung an das Forstpräsidium in Stuttgart, erhielt nach kurzer Zeit eine Zusage und eine Stelle als Forstpraktikant am Forstamt Lichtenstein. Das war nicht weit von meinem Heimatdorf entfernt. So kehrte ich noch einmal ins Elternhaus zurück, fünfundzwanzig Jahre alt, und noch immer nicht sicher auf eigenen Füßen.

Mein Vater sah meinen neuen Weg mit Genugtuung. Fleißig, aber ohne eigenen Unternehmungsgeist, hatte er immer vom Leben des Beamten geträumt. Einen Bahnbeamten wollte er aus mir machen. Jetzt sollte es eben ein Forstbeamter sein. Die Uniform war schicker.

In der Tat, sie stand mir gut. Ein dunkelgrüner Rock mit breitem Revers in hellerem Grün, dazu ein Hut in gleichen Farben, die Krempen seitlich hochgebogen, was dem Träger einen Stich ins Verwegene gab. Ich war nicht ohne Eitelkeit, besah mich häufig im Spiegel und ließ mir ein dunkelbraunes Bärtchen unter der Nase wachsen, um das Verwegene zu unterstreichen.

Uniformen haben das schwache Selbstbewusstsein schon vieler Männer gestärkt. Auch ich spürte ihre wohltuende Wirkung, zumal ich bald von bewundernden Blicken der Bauerntöchter verfolgt wurde.

Bei den winterlichen Waldarbeiten hab' ich mich nicht dumm angestellt. Meine gärtnerische Ausbildung, die die Aufzucht und Pflege von Bäumen umfasste, kam mir dabei zugute. Der Forstmeister gönnte mir Lob und verschonte mich mit harscher Kritik.

So vergaß ich die Niederlage von Rossbach, zumal ich mich ernsthaft in ein erst sechzehn Jahre altes Mädchen aus meinem Heimatdorf verliebte. Sie gehörte nicht zu denen, die meiner schicken Uniform nachliefen. Sie verhielt sich eher ablehnend, meinte, sie sei zu jung für Liebeleien, hielt aber über sechs Jahre ohne große Worte zu mir, bis wir endlich Mann und Frau wurden. Wie ich hatte sie nur unsere Dorfschule besucht, im Gegensatz zu mir aber als Beste ihres Jahrgangs. Einen Beruf durfte sie als Mädchen nicht lernen. Zur Haushaltshilfe schickte man sie in bessere Bürgerfamilien in Stuttgart, damit sie lernte, wie man den Tisch deckt und Gäste bewirtet. In ihren wenigen freien Stunden brachte sie sich das Schneidern selbst bei, nähte ihre eigenen Kleider, die durch besonderen Schick auffielen, fern aller hausbackenen Unbedarftheit. Früh zeigte sie Mut und starke Willenskraft und gab so meiner eigenen Unsicherheit Halt und Antrieb.

Bald musste ich das Forstamt Lichtenstein verlassen und damit auch den täglichen Zuspruch meiner jungen Freundin. Man schickte mich zu einem Forstamt in der Nähe von Aalen. Von dort musste ich, einige Kilometer entfernt, einen Revierförster vertreten, der an Gicht und Rheuma erkrankt war.

Die Gegend war arm und daher reich an Wilderern und Holzdieben. Ich sollte nachts mit umgehängtem Gewehr auf Streife gehen. Die Armen unter den Dorfbewohnern lebten von handwerklichen Holzarbeiten, vom Schnitzen der Dachschindeln, vom Bürsten- und Besenmachen. Um Holz zu kaufen, hatten sie kein Geld. Sie stahlen Holzstämme, die unsere Waldarbeiter aufgeschichtet hatten. Dazu waren sie nachts in Gruppen unterwegs. Jeweils fünf bis sechs Mann trugen einen Stamm.

In einer mondhellen Nacht traf ich kurz nach Mitternacht auf eine solche Gruppe. Im Gebüsch versteckt, wartete ich, bis die Gruppe an mir vorbeizog. Dann schoss ich die fünf Patronen meiner Pirschbüchse über ihre Köpfe hinweg. In panischem Schrecken ließen die Männer die Stämme fallen und flohen in Richtung auf das Dorf. Die Holzstämme fand ich am anderen Morgen noch an derselben Stelle liegen. Ich erzählte mein Erlebnis voller Stolz dem gichtkranken Förster. »Schade um die Patronen«, sagte er. »Das Aufräumen der Stämme kostet uns mehr an Holzarbeiterlohn, als das Holz derzeit wert ist.« Fortan machte ich nicht mehr Jagd auf Holzdiebe.

Als Jäger hatte ich wenig Talent. Vielleicht lag es daran, dass ich eine unterbewusste Hemmung hatte, Tiere abzuschießen.

Im März feierte der kranke Förster Geburtstag. Seine Frau legte mir sehr ans Herz, doch rechtzeitig einen Hasen zu schießen. Hasenbraten sei die Leibspeise ihres Mannes. Es gelang mir auch, einige Hasen auf dem Feld aufzustöbern. Aber sie waren immer schneller, als ich zielen konnte. Ich schoss und die Hasen liefen ungerührt weiter. Der Förster musste Gänsebraten essen.

»Hasen schießen muss man lernen«, sagte er. »Drüber halten musst du, ein gutes Stück drüber. Sonst bleibt er nicht auf der Strecke.«

Eitelkeit trieb mich zu einem weiteren Jagdabenteuer. Alle Förster hatten an ihren Wänden Jagdtrophäen, Geweihe von Rehböcken oder gar von Kapitalhirschen. So etwas wollte ich auch in die Aussteuer bringen, wenn ich meine Freundin heiratete.

In unserem Revier stand ein alter Rehbock mit prächtigem Gehörn. Der Förster erzählte mir davon. Ich hatte ihn noch nie gesehen.

»Du kannst ihn abschießen, wenn er dir über den Weg kommt«, sagte der Förster, der meine Sehnsucht nach einer Trophäe kannte. »Aber alles, nur keinen Fehlschuss. Es wäre schrecklich, wenn dieser Bock zuschanden käme. Er muss mit einem Blattschuss fallen.«

Im Spätsommer ging ich kurz vor der Dämmerung das Tal aufwärts. Ich war in Gedanken, Heimwehgedanken, da sah ich den kapitalen Sechserbock zweihundert Schritte vor mir beim Äsen auf der Wiese am Bach. Ich durfte keinen Schritt weitergehen. Das Tier sicherte, hob den Kopf. Ich musste es umgehen, auf die andere Seite, wo der Wind mir entgegenkam. Dort wiederum behinderten Büsche die Sicht auf den

Bock. Auch schritt die Dämmerung fort. Ich musste rasch zum Schuss kommen, war aufgeregt, hatte keine ruhige Hand. Der Bock drehte sich, begann abzuwandern. Ich schoss, kam schlecht ab. Das Tier sackte zusammen, stand wieder auf, sank wieder hin, drehte sich dem Bach zu und verschwand im dichten Gehölz.

Es war passiert, was nicht passieren durfte. Ich hatte das Tier waidwund geschossen. Erfahrene Jäger hatten mir erzählt, ein angeschossenes Tier könne man nicht aufbringen ohne Jagdhund. Drunten in der Sägmühle wusste ich einen jagderfahrenen braunen Dackel. Bis ich einer alten Magd, die allein daheim war, den Dackel abgeschwatzt hatte und ihn auf Spurensuche schicken konnte, war eine Dreiviertelstunde vergangen. Der Hund kam ergebnislos zurück. Innerhalb einer Fichtenkultur fanden wir die letzten Schweißspuren, dicht am Bachufer. Der Bock war verschwunden. Ich stand vor einem Rätsel.

Eine Frau aus dem Dorf erzählte mir anderntags, sie sei um diese Zeit im Holz gewesen und habe beobachtet, wie ein großer Hund in den Bach gesprungen sei, dort ein Reh abgewürgt und auf die Wiese gezerrt habe.

»Ein Mann ist dem Hund entgegengerannt, hat ihm das Reh abgenommen und ist damit im Wald verschwunden. Ich konnte den Mann nicht gut erkennen. Es war ja schon fast dunkel. Sie wissen ja, es gibt viele Wilderer im Dorf.«

Die Frau wirkte verlegen. Wahrscheinlich wusste sie mehr, als sie sagte.

Dem kranken Förster musste ich mein Ungeschick beichten. Es brach kein Donnerwetter los, wie ich erwartet hatte. Der Mann trauerte um seinen Rehbock und bekam feuchte Augen.

Zwei Jahre Vorbereitungsdienst zum Forstbeamten gingen dem Ende entgegen. Ich wurde zu einem abschließenden Lehrgang nach Stuttgart beordert. Theoretiker hielten uns Vorträge, vor allem über wirtschaftliche Fragen, wie der Staat Nutzen ziehen kann aus seinen Wäldern.

Dem Staat ging es schlecht. Zwar hatte die rasende Inflation mit einer Währungsreform und der Einführung der Rentenmark geendet. Aber die verarmte Bevölkerung konnte kaum Steuern bezahlen und die, die sich an der Inflation bereichert hatten, wollten keine Steuern bezahlen, und verschoben ihre Gewinne ins Ausland. Der Staat musste sparen, und er tat es durch Personalabbau, die einfachste und sicherste Methode.

Auch die Forstdirektion beschloss Sparmaßnahmen. Sie wurden uns am Ende des Lehrgangs verkündet. Alle Anwärter, die schon eine abgeschlossene Berufsausbildung in einem anderen Beruf hatten, konnten demnach nicht mit ihrer Übernahme in den beamteten Forstdienst rechnen. Sie sollten in ihren alten Beruf zurückkehren. Das war ein Drittel der Anwärter, darunter auch ich.

Für mich bedeutete diese Entscheidung eine Katastrophe. Aus der Traum vom sicheren Beamtenstatus. Kein stolzer Gang mehr in schmucker grüner Uniform. Wie würden das meine Eltern aufnehmen und wie meine Freundin, die auf baldige Familiengründung hoffte. Wieder einmal kehrte ich heim ins Elternhaus als ein Geschlagener.

Niemand machte mir dort Vorwürfe. Alle meinten, das sei ein Wink des Schicksals. Ich sei eben doch zum Gärtner bestimmt, wie dies mein gefallener Bruder Johannes entschieden habe.

An seiner Stelle nahm sich der Zweitälteste, Wilhelm, meiner an. Er war längst beamteter Lehrer, hatte Frau und

Kinder. Zwei Wochen diskutierte er mit mir Zukunftspläne. Ein festes Ziel im Auge haben und das mit aller Energie und Ausdauer anstreben, das sei das Entscheidende, meinte er. Ich erzählte ihm von meinen Vorstellungen, Gartenarchitekt zu werden und dazu die Gartenbauliche Lehranstalt in Weihenstephan zu besuchen. Er fand den Plan gut. Auch meine Freundin bestärkte mich darin. Ja, sie erklärte mir, sie werde mich nicht heiraten, ehe ich nicht mein Weihenstephaner Diplom in der Tasche hätte. Einen gewöhnlichen Gemüse- und Geranienzüchter wolle sie nicht.

So jung sie war, so nüchtern und realistisch schätzte sie die Lage ein. Sie kannte meinen Wankelmut und sie kannte meine Verliebtheit. War sie groß genug, würde ich meinen Wankelmut überwinden.

Zunächst allerdings musste ich eine Übergangsstellung finden, um Geld zu verdienen. Ich bemühte mich um eine Anstellung bei der Gartendirektion der Stadt Stuttgart und fand einen Arbeitsplatz in den dortigen Baumschulen. Der Verdienst war besser als bei der Forstverwaltung. So konnte ich mir anstelle der Försteruniform einen zivilen Anzug kaufen und etwas Geld für das Studium auf die Seite legen.

Zwei Jahre dauerte noch meine Anlaufzeit, bis ich den Sprung nach Weihenstephan wagte. Immer hatte ich Angst, die Finanzierung nicht zu schaffen. Die Möglichkeit eines Stipendiums bei guten Leistungen gab es erst im zweiten Studienjahr. Mein alter Vater kam mir schließlich zu Hilfe. Er verkaufte eine seiner drei Kühe und gab mir den Erlös.

Ich meldete mich zur Aufnahmeprüfung an der Lehranstalt. Die Prüfungsarbeiten zielten mehr auf eine gediegene Allgemeinbildung als auf fachliches Wissen. Dank Sebastians

Unterricht im Botanischen Garten Erlangen fiel es mir leicht, den Anforderungen zu genügen. So konnte ich meinen Koffer auspacken und auf dem Weihenstephaner »Nährberg« bleiben.

Meine billige Unterkunft fand ich zwei Kilometer entfernt im Schülerinternat. Ein Dutzend Studenten in einem Schlafsaal, wie dereinst in der Kaserne. Ich war mit meinen achtundzwanzig Jahren der Stubenälteste. Die Hausordnung befahl Ruhe im Schlafsaal ab zweiundzwanzig Uhr. Meine Schlafgenossen hielten sich nicht daran. Auf dem Weihenstephaner Berg stand auch die Staatsbrauerei und ihr angeschlossen lockte das Bräustüberl mit Bier und Obatzdm (einer Mischung aus Camembert, Butter und Zwiebeln). Da dort obendrein gemütliche Volksverbrüderung herrschte, die selbst preußische Studenten nicht ausschloss, wurde es spät, bis meine angetrunkenen Schlafgenossen einpassierten. Die Luft, die sie verbreiteten, war nicht die beste und erinnerte mich an meine Leidenszeit im Schützengraben.

Im Unterricht war ich zwar den anderen Studenten an praktischer Erfahrung voraus, in den naturwissenschaftlichen Grundlagen machte sich aber meine mangelhafte Schulbildung bemerkbar. Ich musste hart arbeiten, um einigermaßen mithalten zu können. Bis spätabends saß ich über den Lehrbüchern, während sich meine Stubengenossen in den Bierstuben tummelten. Auch ständiger Geldmangel hielt mich von Ausschweifungen aller Art ab.

Die Sommerferien konnte ich zum größten Teil nicht mit meiner Freundin verbringen. Ich verpflichtete mich zu sechs Wochen Ferienarbeit an der Lehranstalt, des Geldes wegen. Wir hatten einige Tausend Rosenstöcke zu veredeln.

Nach den Ferien musste ich die ersten Prüfungsarbeiten bestehen. Das beginnende zweite Studienjahr forderte die Entscheidung für eine bestimmte Fachrichtung. Wie vierzig Prozent meiner Mitstudenten wählte ich die Gartengestaltung.

Dem Professor für dieses Fach fiel ich bald durch meine zeichnerischen Fähigkeiten auf. Oft stand er still betrachtend hinter mir, wenn ich am Zeichenbrett arbeitete, um mir schließlich anerkennend die Hand auf die Schulter zu legen.

Auch in der Pflanzen- und Gehölzkunde übertraf ich durch viele Jahre Praxis die jüngeren Kommilitonen. Nur beim Feldmessen und Nivellieren hatte ich Probleme. Mit der Algebra stand ich auf Kriegsfuß.

Im Ganzen erzielte ich einen guten Notendurchschnitt. Die Direktion ermutigte mich daher, einen Stipendienantrag zu stellen. Ich erhielt für den Rest des Studiums eintausendzweihundert Mark bewilligt. Dies und einige Wochen Ferienarbeit auch im zweiten Sommer gaben mir finanzielle Sicherheit. Ich fühlte mich nicht mehr als armer Hungerleider.

Auch meine künftigen Schwiegereltern gewannen die Überzeugung, man brauchte sich meiner im Dorf nicht zu schämen. Aus dem gewöhnlichen Gärtner würde mit Sicherheit ein diplomierter Gartenarchitekt werden. Meine Braut bestärkte sie darin und so feierten wir im September 1928 Hochzeit, schlicht, in der Wirtschaft meines Heimatdorfes.

Das letzte Semester ging im Januar 1929 zu Ende. Meine schriftlichen Prüfungsergebnisse waren so gut, dass ich von der mündlichen Prüfung befreit wurde. Ich erhielt das Zeugnis als staatlich geprüfter Gartenbautechniker. Nach vier Jahren Praxis würde ich das Diplom als Gartenbauinspektor erwerben können.

Wo aber sollte ich in die Praxis eintreten? Es gab 1929 fünf Millionen Arbeitslose in Deutschland. Über die Hälfte meiner Konabsolventen hatten keinen Arbeitsplatz in Aussicht. Ich wollte es mit Bewerbungen versuchen. Aber meine Frau meinte, das sei verlorene Zeit. Ich sollte mutig sein und ein eigenes Geschäft gründen.

Der Inhaber eines großen Gartenbetriebs in meiner Heimatstadt, bei dem ich nach dem Krieg vorübergehend volontiert hatte, bot mir an, mit ihm zusammen einen Betrieb als GmbH auf die Beine zu stellen. Ich sollte darin die Gartengestaltung und Gartenpflege übernehmen. Er wollte seine Kulturgärtnerei weiterführen. Zur Gründung der Gesellschaft war ein Mindestkapital von zehntausend Mark erforderlich. Ich musste davon dreitausend Mark einbringen. Eine Cousine meines Vaters lieh mir das Geld zinslos. Ich hatte es in zwei Jahren ratenweise zurückzuzahlen.

So begann ich am 1. Januar 1929 als selbstständiger Unternehmer. Es war ein harter Anfang. Ein Zimmer in Untermiete als Schlaf-, Wohn- und Büroraum und ein Fahrrad als Transportmittel. Mit dem strampelte ich von Garten zu Garten, wo immer meine vier Arbeiter am Werk waren. Die mussten ihr Werkzeug auf kleinen Handpritschenwagen transportieren. Da ich mit dem Fahrrad zu viel Zeit verlor, leistete ich mir nach einem Jahr ein gebrauchtes Leichtmotorrad.

Ungeschützt auf der rauen Alb unterwegs, auch bei Regen und Schnee, hatte ich zunehmend mit Anfällen von Ischias zu kämpfen. Anfang 1932 wurden sie so stark, dass ich mich ins Krankenhaus legen musste. Vier Wochen traktierte man mich dort mit Spritzen, Massagen, Lichtbögen und Schwitzkästen. Die Schmerzen blieben unverändert.

Mein Mitgesellschafter besuchte mich immer häufiger und mit immer besorgterer Miene.

Da ergriff meine Frau, energisch wie immer, die Initiative. Im Dorf wisse man bessere Rezepte als die Schulmediziner. Ihre Mutter habe gute Erfahrungen mit Farnkraut-Bädern. Der solle ich mich anvertrauen.

So nahm ich Abschied vom Krankenhaus, auf eigenes Risiko, setzte mich, samt Ischias, aufs Motorrad und fuhr zu meiner Schwiegermutter. Die ging in den Wald, holte einige Pfund Farnkrautwurzeln, zerhackte sie, warf sie in ihren Waschkessel und braute darin einen tiefroten Saft. Den vermischte sie in der Badewanne mit heißem Wasser und forderte mich auf, im Adamskostüm hineinzusteigen. Zwanzig Minuten plätscherte ich darin. Am nächsten Tag wiederholte ich das Badevergnügen, stieg aus der Wanne, und meine Schmerzen waren, wie durch ein Wunder, fast völlig verschwunden. Den Klinikärzten erzählte ich nichts davon. Ich wollte sie nicht ärgern. Dafür umarmte ich meine Schwiegermutter und feierte mit ihr, meiner Frau und meinem Kompagnon meine Auferstehung. Es gab Spätzle, Kartoffelsalat und Schweinebraten, dazu eine Flasche Dornfelder.

Mein Kompagnon war so begeistert über meine wiedererwachte Schaffenskraft, dass er mir eine geräumige Familienwohnung im Zentrum meiner Heimatstadt anbot, in einem Haus, das er vor Kurzem erworben hatte und in dessen Erdgeschoss er einen Blumen- und Gemüseladen betrieb. Die Miete hielt sich in erträglichem Rahmen.

So zogen wir erstmals zusammen, meine Frau und ich. Meine Frau brachte auch unseren Stammhalter mit, der inzwischen das Licht der Welt mit Geschrei begrüßt hatte.

Ehe ich eine bürgerliche Idylle mit zunehmendem Wohlstand besinge, muss ich noch eine meiner vielen Dummheiten gestehen.

Von Dezember 1931 bis Ende 1932 war ich Mitglied in der Nazipartei, der NSDAP. Mein Zahnarzt hatte mich dafür geworben und ich will mich nicht damit entschuldigen, dass ich ihm bei geöffnetem Mund nicht widersprechen konnte.

An all unserem Elend, an Arbeitslosigkeit und Armut des Staates, meinte er, sei der Versailler Friedensvertrag schuld mit seiner Kriegsschuldlüge und den daran geknüpften Reparationsforderungen, die nicht zu erfüllen seien und uns zugrunde richteten. Nur Hitler habe den Mut, diese Ketten zu sprengen und uns von dieser Last zu befreien. Er werde die Erfüllungspolitiker, die vor den Siegermächten buckeln, verjagen und mit ihnen das »jüdische Gesindel«, das vom Elend des Volkes profitiere.

Ehrenwerte Bürger der Stadt, Rechtsanwälte, Beamte, Unternehmer, Journalisten und Architekten seien schon Mitglied in der Nazipartei. Ich solle mich dazugesellen und für die Befreiung unseres Volkes kämpfen.

Alle Übel dieser Zeit aus einer Wurzel zu erklären, schien mir verlockend. Hatte mich nicht die Weimarer Republik schon um vieles betrogen? Inflation und Währungsreform hatten meine kleinen Ersparnisse vernichtet, während reiche Spekulanten prächtige Villen bauten und ich sie untertänigst bitten musste, ihre Gärten pflegen zu dürfen. Auch meinen Traum, beamteter Förster zu werden, hatte der verarmte Staat zunichte gemacht.

So stieg ich vom Stuhl des Zahnarztes und glaubte, mit den Zahnschmerzen auch die Ungerechtigkeiten dieser Welt loswerden zu können.

Ich unterschrieb einen Aufnahmeantrag in die NSDAP und zog mit dem Ortsgruppenleiter, einem großmäuligen Architekten, über die Dörfer, um die Bauern vor der Reichstagswahl und der Wahl des Reichspräsidenten für Hitler mobil zu machen.

Im Juli 1932 kam Hitler zu einer Kundgebung in meine Heimatstadt. Ich schmückte das große Festzelt mit Blumen und Girlanden. Das war mein letzter Dienst für die Nazibewegung.

Zwei Stunden sah und hörte ich den großen Führer aus nächster Nähe. Ich sah seine stechenden Augen, den fanatischen, dämonischen Blick, ich hörte das brüllende Stakkato seiner Stimme, das mich an die Maschinengewehre meiner Soldatenzeit erinnerte, ich sah das zynische Grinsen unter seinem Schnurrbart, wenn er seine Gegner lächerlich machte. Nein, das war kein Heilsbringer, das war ein Besessener, von bösen Geistern Besessener, der Unheil und Vernichtung bringen würde, in dessen Stimme sich der Krieg ankündigte. Ernüchtert und erschüttert ging ich aus dem Zelt, während um mich die Menge tobte vor Begeisterung. Daheim sah ich in den Spiegel und rasierte mir den Schnurrbart unter der Nase weg.

Zwei Monate überlegte ich noch, sah, wie in der Ortsgruppe schon das Schachern um Posten und lukrative Aufträge begann, dann erklärte ich meinen Austritt aus der Partei, sechs Wochen vor der Machtergreifung Hitlers, sechs Wochen, bevor ihn Hindenburg zum Reichskanzler ernannte.

Wäre ich in der Partei geblieben, hätte man mich zu den »alten Kämpfern« gerechnet, denen das goldene Parteiabzeichen angeheftet wurde. Staatliche Großaufträge wären mir sicher gewesen. Kasernen, Flugplätze, Parteibauten, überall waren Grünanlagen zu gestalten. Die Aufträge gingen an meine Kollegen, die jetzt in die Partei drängten.

Ich sah in den Spiegel und freute mich an meinem schnurrbartlosen Gesicht und meine Frau freute sich mit mir.

Wieder begann eine harte Zeit für mich. Aber es gab ja nicht nur den Staat als Auftraggeber. Da waren Handwerker, die wieder zu Geld kamen und mich nicht im Stich ließen. Auch die Gemeinden rings um meine Heimatstadt erholten sich, profitierten von Hitlers Gelddruckmaschine. Sie bauten neue Schulen, Friedhöfe und Kriegerdenkmale.

Es kam mir zugute, dass ich gut mit den Bürgermeistern reden konnte, auf ihre gerade, etwas derbe, schwäbische Art. Ich war einer von ihnen, der auf der kargen Schwäbischen Alb aufgewachsen war. Dass ich kein Parteiabzeichen mehr trug, hatte keine Bedeutung. So arbeitete ich mit meinen Leuten in den Gemeinden rund um meine Heimatstadt.

Bald hatte ich zehn Mitarbeiter, die ich ordentlich bezahlen konnte. Ich besuchte sie nicht mehr auf dem Motorrad, sondern in einem Opel P4, der mich vor kalten Winden und Ischiasanfällen schützte.

Bescheidener Wohlstand kehrte ein bei meiner Familie. Ich war inzwischen Mitte dreißig und hatte den langen Weg der Irrungen und Wirrungen bis zu einer gesicherten bürgerlichen Existenz endlich hinter mich gebracht.

Ihn weiter zu erzählen, scheint mir nicht sinnvoll. Den Weg in den Zweiten Weltkrieg und aus ihm in das sogenannte Wirtschaftswunder haben meine Kinder selbst erlebt. Ich brauche ihn ihnen nicht zu schildern.

VI

Es war wohl meine unruhige, wenig überlegte Art, die mich auf viele Umwege und in viele Sackgassen führte. Es war aber auch ein Klima sozialer Härte, das es dem armen Bauernbuben schwer machte, aus der Unterschicht in eine bürgerliche Existenz aufzusteigen.

Die Zeiten haben sich gewandelt. Aus dem vom Lehrherrn misshandelten, rechtlosen und unbezahlten Lehrling ist ein rechtlich abgesicherter, angemessen vergüteter Azubi geworden. Und über die Sexualmoral der Wilhelminischen Ära wird die heutige Jugend nur noch in Gelächter ausbrechen.

Dennoch, oder gerade deshalb, hoffe ich auf das Leseinteresse meiner Kinder und Enkel. Arme, sozial deklassierte, von der Gemeinschaft ausgeschlossene Menschen gibt es auch heute unter uns. Man braucht nur die Augen aufzumachen. Vielleicht hilft die Lektüre meiner Jugendzeit, solches Unrecht leichter zu erkennen und Hilfe zu leisten, wo immer dies möglich ist.

Epilog

Aus der Zeit des Zweiten Weltkriegs fand ich in Onkel Daniels Aktenordner nur den Bericht über einen Mordfall, den er als Hilfspolizist in Urach erlebte. Zum Militärdienst aus gesundheitlichen Gründen nicht mehr tauglich, hatte man ihn 1942 als Hilfspolizist verpflichtet und nach einer kurzen Ausbildung an der Polizeischule Weingarten der Polizeiwache der Stadt Urach zugewiesen.

Der Mord an einer polnischen Zwangsarbeiterin an Pfingsten 1943 und das Schicksal ihres ebenfalls aus Polen stammenden Mörders hat ihn offenbar besonders berührt, sodass er dieses Ereignis in einem Bericht festhielt.

Mir ging es ähnlich, als ich den Bericht las, und so will ich ihn nacherzählen.

Der Pfingstsonntag 1943 war von besonderer Schönheit. Erstmals wärmte die Sonne frühsommerlich, und ein zartes Blau leuchtete über dem frischen Grün der Schwäbischen Alb.

Ich war zum Sonntagsdienst befohlen, saß allein in unserem Büro im Rathaus, blätterte gelangweilt in einem Wanderführer quer über die Alb, sah auch hinaus auf den Marktplatz, wo sich eine Schar polnischer Zwangsarbeiterinnen aus der nahe liegenden Spinnerei traf. In bunte, billige Fähnchen gekleidet, genossen sie die wenigen freien Stunden, die man ihnen gönnte, fanden zurück in die natürliche Fröhlichkeit ihres Alters. Plappernd und trällernd zogen sie schließlich stadtauswärts, den Hang hinauf.

Es war nicht üblich, dass man sich als Polizist am Sonntag draußen blicken ließ, es sei denn, die öffentliche Ordnung wurde gestört. Aber niemand brach den Pfingstfrieden. Es ging schon gegen vier Uhr, die Zeit, zu der ich in der Regel sonntags hinüberging zu meiner Zimmerwirtin, um mit ihr eine Tasse Kaffee zu trinken. Da klopfte ein Radfahrer heftig an das Fenster meines ebenerdigen Büros. Ich öffnete, beugte mich hinaus. Der Mann war aufgeregt, atmete schwer und sprach nur in Stößen.

»Da draußen vor der Stadt, in der Steige, oberhalb der Zittelstadt, mitten auf der Straße, liegt eines von den polnischen Mädchen in einer Blutlache! Sie gibt kein Lebenszeichen mehr von sich.«

Ich notierte mir die Personalien des Zeugen. Dann rief ich meinen Vorgesetzten, den Polizeioberleutnant Lederle, zu Hause an, was zu tun sei.

Der gab mir die Anweisung, sofort zum Tatort zu fahren und die Leiche zu bewachen, bis er komme. Nichts dürfe am Tatort verändert werden. Ich setzte meinen Tschako auf, schnallte den Gürtel mit der großen Dienstpistole um, setzte mich auf unser altes, ächzendes Dienstrad und strampelte die Steige hoch.

Die Sonne stach noch. Ich schwitzte unterm Uniformrock, den ich nicht aufknöpfen durfte. Spaziergänger kamen mir entgegen.

»Da kommscht zu spät«, rief einer. »Dös isch scho passiert!«

Oben, wo die Straße im Wald verschwindet, standen Leute zusammen, einheimische Spaziergänger und die Polenmädchen in ihren bunten Fähnchen. Als die mich sahen, liefen sie mir schreiend und weinend entgegen.

»Anuschka, Anuschka tot!«, riefen sie immer wieder.

Anuschka kannte ich. Sie war die intelligenteste unter den polnischen Zwangsarbeiterinnen, hatte ein Gymnasium besucht, solange dies von der deutschen Besatzung noch zugelassen war, und konnte sich in der deutschen Sprache verständlich machen. Oft benutzten wir sie als Dolmetscherin, wenn Angelegenheiten der Polinnen auf der Wache verhandelt wurden.

Ich stieg vom Rad, ging noch etwa fünfzig Schritte aufwärts. Dort, wo die Straße nach links abbiegt, sah ich das Mädchen liegen. Das Blut lief aus ihrer Bluse, lief hinunter über die Beine und versickerte am Straßenrand. Ihre Arme fühlten sich noch warm an, aber ihre Augen in dem totenbleichen Gesicht waren starr und leblos.

Ich fragte die Polinnen nach dem Tathergang. Sie konnten sich kaum verständlich machen, sprachen von einem Polen, der Anuschka getötet habe.

Ein Uracher, der hundert Meter hinter den Polinnen bergauf gegangen war, konnte mir nähere Auskunft geben. Die

Mädchen seien vor ihm Arm in Arm gelaufen. Plötzlich sei ein Mann ein Stück oberhalb aus dem Gebüsch getreten und auf die Mädchen zugerannt. Die seien schreiend davongesprungen. Nur die, die tot da oben liegt, sei stehen geblieben. Es sei zu einem heftigen Wortwechsel zwischen ihr und dem Fremden gekommen. Dann habe der wie ein Wahnsinniger mit dem Messer auf das Mädchen eingestochen, mindestens ein Dutzend Mal. Als sie zusammensank, sei er wieder zurückgerannt und im Gebüsch am Waldrand verschwunden.

Eine Stunde nach mir kam auch der Polzeioberleutnant auf dem Fahrrad angeschnauft. Er habe die Mordkommission in Tübingen verständigt. Die werde den Fall übernehmen. Wir dürften so lange nichts unternehmen, nur Wache halten, dass an der Leiche nichts verändert wird, und das sei meine Aufgabe. Er werde inzwischen eine Suchaktion nach dem Täter einleiten, mit Feuerwehr und technischer Nothilfe.

Es dauerte vier Stunden, bis die Herren von der Mordkommission kamen. So lange stand ich allein neben dem toten Mädchen. Es kamen noch einige Ausflügler vom Berg zurück, starrten auf die Tote, blieben stehen. Ich musste sie zum Weitergehen anhalten. Dann wurde es still. Es dämmerte. Der Mond warf sein bleiches Licht auf die Straße. Fliegen schwirrten um die Leiche. Ich versuchte, sie mit einem Baumzweig zu verscheuchen. Sie waren hartnäckiger als ich. Mir wurde schwindlig, und ich setzte mich auf einen Kilometerstein.

Die Mordkommission kam mit einem Arzt, der die Leiche eingehend untersuchte. Sechzehn Messerstiche zählte er, die meisten im Oberkörper.

Nachdem alles protokolliert war, lud man das Mädchen in den Leichenwagen, der es auf den Uracher Friedhof brachte.

Ich durfte noch nicht heimwärts, denn jetzt erschien der Oberleutnant mit einer Streitmacht von siebzig Leuten. Unter seinem Befehl mussten sie auf dreihundert Meter Breite das Gebüsch und den Wald absuchen. Schon nach wenigen Minuten kam der Ruf: »Wir haben ihn!«

Knapp zweihundert Meter oberhalb des Tatorts lag der Mann schwer verletzt im Gebüsch. Er hatte mit mehreren Stichen in den Unterleib versucht, sich das Leben zu nehmen. Trotz starken Blutverlusts war er bei Bewusstsein und wimmerte leise vor sich hin.

Ein Pkw der Feuerwehr fuhr ins Tal und alarmierte den Sanitätswagen des Roten Kreuzes. Oberleutenant Lederle bewachte den verletzten Mörder auf der Fahrt ins Krankenhaus.

Er hatte ungeahnte Schwierigkeiten, eine barmherzige Klinik zu finden. Das Uracher Krankenhaus lehnte die Aufnahme ab. Die Kostenträgerschaft sei ungeklärt. Das Militärlazarett erklärte sich für unzuständig. Im Krankenhaus Münsingen schließlich fand sich ein Chefarzt, der meinte, einem Verletzten müsse man helfen, gleichgültig wo er herkomme und wer für ihn zahle. Um zwei Uhr nachts wurde der Mörder in Münsingen ausgeladen. Der Chefarzt war zur Stelle und operierte ihn sofort. Er behielt ihn auch drei Wochen in seiner Klinik, bis er wieder gehen konnte. Dann brachte man ihn ins Gefängnis beim Amtsgericht Urach.

Sein Opfer, die Polin Anuschka, wurde schon drei Tage nach Pfingsten am Rande des Uracher Friedhofs beerdigt. Ich musste dabei sein, um für Ruhe zu sorgen, was mir nicht gelang. Der kleine Friedhof war überfüllt mit den polnischen Arbeitskolleginnen der Ermordeten in ihren bunten Kleidern. Mit ihrem Jammern und Wehklagen übertönten sie die

Gebete des katholischen Geistlichen. Alle trugen sie Blumensträuße in den Händen, Blumen, die sie mit ihren wenigen Spargeldern beim Gärtner gekauft hatten. Sie deckten den Sarg damit zu und warfen sie dem Sarg nach, als die Friedhofsarbeiter ihn in die Grube senkten. Zwei der Mädchen sprangen selbst dem Sarg nach mit lautem Wehgeschrei. Sie mussten von den Arbeitern aus der Grube gezogen werden. Ich stand abseits und mischte mich nicht ein.

Der Mörder hieß Szymaniak und hatte als Knecht bei einem Bauern auf der Alb gearbeitet. Lederle erzählte mir, Anuschka, die aus demselben polnischen Ort stammte wie Szymaniak, sei ursprünglich auch diesem Bauern zugeteilt gewesen. Sie habe dann um einen anderen Arbeitsplatz gebeten, weil sie Szymaniak fortgesetzt belästigte und sie nichts von ihm wissen wollte.

»Das war schon einige Monate bevor Sie zu uns nach Urach kamen«, sagte Lederle. »Wir haben sie dann der Spinnerei zugewiesen zu den anderen polnischen Mädchen. Offenbar hat ihr der Szymaniak weiter aufgelauert. Mord aus verschmähter Liebe, wie im Kino.« Lederle lachte dazu, als handle es sich um einen Unterhaltungsfilm.

Eine Woche saß der Szymaniak noch im Gefängnis, dann wurde er in den Sitzungssaal des Amtsgerichts geführt. Dort war ein Sondergericht aus Stuttgart erschienen, das über Delikte von polnischen Zwangsarbeitern befand.

Ob er die Anuschka umgebracht habe, fragten sie Szymaniak. Der nickte. Mehr wollten sie nicht von ihm wissen. Sie verurteilten ihn zum Tode. Das Ganze dauerte keine Viertelstunde.

Szymaniak sollte sofort zur Vollstreckung in das Landesgefängnis nach Stuttgart gebracht werden. Dort waren die Hinrichtungen aus ganz Württemberg zentralisiert. Das Fallbeil stand im Gefängnishof, hatte man mir erzählt.

Ich hatte den Deliquenten zu begleiten, befahl Lederle.

»Wie denn?«, fragte ich. »Mit dem Auto?«

»Natürlich in einem Mercedes Benz«, spottete Lederle. »Ihr fahrt mit dem Zug, wie jedermann. Der geht in zwanzig Minuten. Also schau, dass du den Kerl in Trab bringst!«

Wieder setzte ich den Tschako auf und schnallte die Pistole um. Drüben im Gerichtssaal fand ich Szymaniak allein in einer Ecke sitzen. Aus der Blechschüssel löffelte er seine Suppe. Er aß mit gutem Appetit und grüßte mich mit freundlichem Lächeln.

Der Gefängnisinspektor kam und gab mir die Einweisungspapiere für das Stuttgarter Gefängnis sowie den Fahrschein für die Bahn. Szymaniak legte er Schließeisen um die gekreuzten Hände. Der nahm dies mit Gelassenheit hin und ließ seine verschränkten Hände vor dem Bauch hängen.

Wir hatten nur einige hundert Meter bis zum Bahnhof zu gehen. Der Zug war noch nicht eingefahren. Wir standen unter vielen Menschen auf dem Bahnsteig. Die Leute begafften uns. Einige stellten neugierige Fragen. Ich gab keine Antwort. Allenfalls bemerkte ich, dass wir nach Stuttgart fuhren. Als es länger dauerte, ging ich in die äußerste Ecke des Bahnsteigs und stellte mich dort vor Szymaniak.

Schließlich lief der verspätete Zug ein und ich musste mich wieder unter die Leute mischen. Ein Sonderabteil gab es nicht für meinen Gefangenentransport. Wir setzten uns auf eine Zweierbank. Zwei ältere Frauen saßen uns gegenüber. Sie starrten uns an, als könnte der gefesselte Pole auch ihnen gefährlich werden.

»Ein Sträfling ist auch ein Mensch«, sagte ich.

»Ja scho«, erwiderte die eine.

Dann schauten die beiden an uns vorbei und schwiegen, bis sie in Dettingen den Zug verließen.

Dort stiegen ein paar Frauen ein, die von der Kirschernte kamen. Ihre mit Herzkirschen gefüllten Körbe stellten sie neben die Bänke. Ich sprach eine von ihnen an, ob ich nicht eine Hand voll Kirschen für meinen hungrigen Begleiter haben könnte. Szymaniak begriff die Situation, sah hoffnungsvoll und treuherzig in die Runde. Ich nahm seinen verbeulten Filzhut und streckte ihn den Frauen entgegen, die ihn voller Mitleid bis zum Rand füllten.

»Danke, danke«, sagte Szymaniak überschwenglich ein Dutzend Mal, seine ersten Worte, seitdem ich mit ihm von Urach aufgebrochen war. Aus dem Hut, den ich ihm auf den Schoß setzte, angelte er mit seinen gefesselten Händen eine Kirsche nach der anderen und spuckte die Kerne durch das offene Zugfenster. Vielleicht dachte er dabei an seine Kindheit. Sein Gesicht zeigte naive Heiterkeit.

In Metzingen mussten wir umsteigen. Als der Zug von Reutlingen eintraf, sprach ich mit dem Zugführer, ob ich nicht einen seperaten Platz haben könnte für meinen Gefangenentransport, am besten im Gepäckwagen. Er gab sein Einverständnis. Der Gepäckraum war mit Kisten, Koffern, Säcken und Fahrrädern vollgestellt. Szymaniak ließ ich auf einen der gefüllten Säcke in der hinteren Ecke sitzen.

Der Schaffner war damit beschäftigt, auf jeder der vielen Stationen Güter ein- und auszuladen. Er musste sich dabei beeilen. Szymaniak sah ihm mit Interesse zu.

»Kamerad viel schaffen, viel schaffen«, sagte er mitleidend.

In Plochingen hatten wir längeren Aufenthalt. Ich war einige Zeit mit Szymaniak allein.

»Warum hast du Anuschka erstochen?«, fragte ich ihn.

»Viel Liebe, viel Liebe«, antwortete er. »Anuschka nix Liebe, böse Worte. Ich nicht kann leben ohne Anuschka.«

»Jetzt musst du wohl auch sterben«, sagte ich.

»Mir egal sterben«, meinte er. »Früher in Polen, bevor die Deutschen dort, Töten aus Liebe nix Kopf ab, vielleicht zehn Jahre Gefängnis.«

»Die Deutschen sind halt strenger«, sagte ich.

Szymaniak zuckte mit den Achseln.

Da kam der Schaffner wieder.

Auf dem großen Stuttgarter Bahnhof wurde Szymaniak unsicher. Wir mussten durch eine dichte Menschenmenge. Die Menschen rückten uns nahe auf den Leib. Er sah in viele Gesichter, erstaunte, auch gehässige, verachtende Gesichter. Szymaniak drückte sich nahe an mich, als suche er Schutz. Die überfüllte Straßenbahn wollte ich ihm nicht zumuten. Wir gingen zu Fuß. Ich strebte den Grünanlagen zu, die am Landestheater vorbeiführen. Der Tag ging dem Ende zu. Der letzte Sonnenschein ließ die Wipfel der Parkbäume leuchten. Szymaniak blieb stehen, schaute hinauf und staunte.

Ich fragte ihn nach seiner Heimat. Er stammte aus der Kutnoer Gegend wie die tote Anuschka.

»Vater schon tot«, sagte er. »Bruder Soldat, von Deutschen gefangen, nicht wissen, wo jetzt. Mutter allein daheim, ganz allein.«

Er bekam feuchte Augen. Postbote sei er gewesen in Kutno. Hier beim Bauern habe er nicht gern gearbeitet. Immer habe der ihn beschimpft, einen Saupolacken geheißen.

Nochmals kam er auf Anuschka zu sprechen. Sie habe ihn nicht gemocht, ihm hässliche Worte gesagt. Dies habe ihn unglücklich gemacht. Er, er liebe sie immer noch, auch wenn er sie getötet habe.

Wir gingen weiter. Als wir in die Urbanstraße kamen, verlangsamte Szymaniak seine Schritte, wurde zögerlich. Vor uns stand das klobige Gemäuer des Landgerichts. Hohe Sandsteinmauern umrahmten ein riesiges schwarzes Tor. Als wir davor standen, sah ich erstmals Angst in den verschreckten Augen Szymaniaks.

Ich drückte die Alarmglocke. Eine Tür öffnete sich. Wir gingen die letzten hundert Schritte über den gepflasterten Weg zur Gefangenenaufnahme. Zwei gut genährte Vollzugsbeamte nahmen die Papiere entgegen und den zum Tod verurteilten Szymaniak, wortlos, grußlos.

Ob der Gefangene noch etwas zu Essen bekäme, fragte ich.

»Heute nicht mehr«, antwortete einer von den Dicken. Er sagte es spöttisch, als wundere er sich über meine Fürsorge.

»Szymaniak, leb wohl«, sagte ich und strich ihm kurz über seinen kahl geschorenen Kopf. Den Filzhut hatte er abgenommen und hielt ihn in seinen gefesselten Händen.

Fast im Laufschritt eilte ich zum Bahnhof zurück, als verfolgte mich etwas Dunkles, Unheimliches.

Monate später erfuhr ich, dass Szymaniak noch drei Wochen auf seinen Tod warten musste. Die Massenhinrichtungen fanden nur einmal im Monat statt, eine Rationalisierungsmaßnahme. Der Henker arbeitete in den frühen Morgenstunden im Gefängnishof. Oft wurden die in der Umgebung wohnenden Bürger durch Todesschreie aus dem Schlaf geweckt.

Weitere Bücher von Dietrich Bächler

Reden wir nicht über Philipp
Zwiegespräche

Punkt 16 Uhr haben die Eheleute Paula und Michael Gantner Tag für Tag eine verbindliche Verabredung: Sie treffen sich für eine Stunde zu ihren Teegesprächen. Von 17 bis 19 Uhr darf Michael dann an seinen Schreibtisch. Auf dieser genauen Tagesstruktur hatte seine Frau bestanden, damit ihnen nicht die restlichen Tage ihres schon fortgeschrittenen Lebens unter den Fingern zerrinnen würden. So sitzen sie jeden Tag um den kleinen runden Teetisch aus Kirschholz, die silberne Teekanne in der Mitte und die Teeschalen aus dünnem Porzellan vor sich. In dieser einen Stunde verlassen sie dann aber Raum und Zeit. Sie öffnen sich ihren Erinnerungen, dem anderen und der Welt. Umso erstaunlicher ist es, dass ein Thema explizit ausgelassen werden soll: Philipp – der rebellische Sohn, zu dem es ihnen nie gelungen war, eine Beziehung aufzubauen und zu dem der Kontakt letztlich ganz verloren ging. Doch genau dieser schleicht sich immer wieder in ihre Gespräche ein und wird dabei das erste Mal von den eigenen Eltern erkannt und in Freiheit entlassen.

ISBN: 978-3-86520-240-6, 104 S., Paperback, € 10.90

Ruhestand
Roman

Der Eintritt in den Ruhestand stellt Bankdirektor August Friedrich Geldern vor Probleme. Seine Frau, Elisabeth Luise, wird rebellisch. Mit dem sehnlich erwarteten Enkel David umzugehen, muss er erst mühsam lernen. Ausflüge in den Seniorensport scheitern an Hundegebell und mangelndem Teamgeist. Klaus Peter, der Schwiegersohn, ärgert ihn mit kunstsinniger Lebensfremdheit, und die von ihm vermittelte Beschäftigung im Museum führt in geheimnisvolle Tiefen. Im Skulpturendepot treibt ein unbekannter Pinsel-Attentäter sein Unwesen. Dort begegnet August Geldern auch dem Tod, von dem er glaubt, dass er dem alten Menschen die Würde zurückgibt. Mit feinem Humor und viel psychologischem Gespür zeichnet der Autor den für alle Beteiligten heiklen Übergang nach: vom lebhaften Arbeitsalltag in den neuen Lebensabschnitt des Ruheständlers.

ISBN: 978-3-86520-070-2, 124 S., Paperback, € 12.90

Scheidungskinder
Quirins Erzählung

»Mit dem Papa ist das so eine Sache. Er wohnt nicht mehr bei uns.« Der kleine Quirin kann nicht verstehen, warum sich seine Eltern nicht mehr gern haben. Und dann auch noch diese neue Frau vom Papa, die unbedingt mit ihm und dem Andy befreundet sein will. Ihrem Sohn, dem Steppke, streicht der Papa viel zu liebevoll über die Haare. Die Mama kommt auf einmal mit so einem Ludwig daher – ihrem »Kollegen«. Mit großem Einfühlungsvermögen für alle Parteien schildert Dietrich Bächler, was heute viele Familien betrifft: eine Scheidung. Doch was für die Gesellschaft längst zum Alltag gehört, bedeutet für die involvierten Kinder immer noch den Weltuntergang. Eines dieser ungezählten Kinder lässt Bächler nun zu Wort kommen und erweitert so die Diskussion über das Thema um einen wichtigen Blickwinkel. Ein Blickwinkel, der deutlich macht, wie wütend und hilflos ein Kind dem Auseinanderdriften seiner Familie gegenübersteht, wie viel Versöhnlichkeit und Verständnis man ihm jedoch zutrauen kann, wenn man ihm Zeit gibt.

ISBN: 978-3-86520-348-9, 80 S., Paperback, € 9.90

Der achtzigste Geburtstag
Erzählungen

Theobald hat wenig bis gar keine Lust, seinen achtzigsten Geburtstag zu feiern – seine vielköpfige Familie sieht das jedoch ganz anders ... Der kleine Heiner schließt während des Zweiten Weltkriegs als Erntehelfer auf dem Land eine berührende Freundschaft mit einem russischen Kriegsgefangenen. Florian erinnert sich an seine skurrilen Jugenderlebnisse mit einer debilen Gräfin und einem fanatischen Nationalsozialisten während des Kriegs. Ein ehemaliger Kriegsgerichtsrat stellt sich den bohrenden Fragen des Neffen nach seiner »braunen Vergangenheit«. »Karl im Glück« erzählt sein bewegtes Leben von Unglück zu Unglück, bevor ihn der schnelle Herztod am Wirtshaustisch ereilt. Fünf Einblicke in fünf verschiedene Lebensschicksale – mit einem wunderbaren Gespür für das nur allzu Menschliche erzählt.

ISBN: 978-3-86520-433-2, 96 S., Paperback, € 9.90